DU MÊME AUTEUR

Aux Éditions Gallimard

LA PROIE DES FLAMMES

UN LIT DE TÉNÈBRES

LA MARCHE DE NUIT

LES CONFESSIONS DE NAT TURNER

LE CHOIX DE SOPHIE

CETTE PAISIBLE POUSSIÈRE ET AUTRES ÉCRITS

FACE AUX TÉNÈBRES — CHRONIQUE D'UNE FOLIE

Du monde entier

WILLIAM STYRON

UN MATIN DE VIRGINIE

TROIS HISTOIRES DE JEUNESSE

Traduit de l'anglais
par Maurice Rambaud

nrf

GALLIMARD

Titre original :

A TIDEWATER MORNING
Three tales from youth

À Carlos Fuentes

La longue habitude de vivre ne nous prédispose pas à mourir.

SIR THOMAS BROWNE,
Urn Burial.

NOTE DE L'AUTEUR

Ces récits reflètent les expériences de l'auteur à l'âge de vingt, dix et treize ans. Les histoires sont un remodelage romancé d'événements réels et sont reliées par une chaîne de souvenirs.

Ces souvenirs se réfèrent à un seul cadre — le Tidewater de Virginie des années 30, une région absorbée par des préparatifs de guerre. Ce n'était plus la vieille Virginie assoupie de légende, mais une partie d'un nouveau Sud débordant d'activité, où l'industrie lourde et la présence de l'armée avaient commencé à empiéter sur un mode de vie pastoral.

Ironiquement, pareille intrusion contribua à aider bien des gens, les Blancs comme les Noirs, à survivre aux pires épreuves de la Crise.

W. S.

Z comme Zéro

Le 1er avril 1945 (qui était aussi le dimanche de Pâques), la deuxième division de Marines, dans laquelle Doug Stiles et moi étions chefs de section, lança une attaque sur la côte sud-est d'Okinawa. En réalité, il s'agissait d'une attaque bidon, ce qui n'allait pas sans nous poser des problèmes. Quoi qu'il en soit, le même jour, à quinze milles plus au nord, la première et la sixième division de Marines, appuyées par deux divisions de l'Armée, débarquèrent dans un autre secteur de la côte, communément appelé les plages Hagushi où, par une claire matinée de printemps douce et fraîche, les troupes ne rencontrèrent pas la moindre résistance. Okinawa était l'ultime tremplin avant le Japon lui-même. C'était, et de beaucoup, la plus grande opération depuis le débarquement de Normandie, et aussi l'opération la plus ambitieuse de toute la guerre du Pacifique. Quand bien même l'ennemi ne se manifesta pas au cours des premiers jours, les troupes japonaises et américaines finirent par s'affronter avec une violence inouïe, ce qui entraîna pour les deux camps des pertes plus lourdes que toute autre campagne du Pacifique. Mais cela se passa des semaines plus tard.

Stiles et moi étions de jeunes lieutenants, tous deux maigres et secs, coriaces, magnifiquement entraînés, avides de casser du Japonais. Ensemble, nous avions fait nos classes dans l'infanterie et reçu une formation d'officiers à Camp Le jeune, à Quantico et dans les petits bleds perdus de la région de San Diego, puis finalement à Saipan — la base avancée de l'offensive contre Okinawa. Nous étions experts en armement, connaissions dans toutes leurs subtilités les tactiques de l'infanterie, toutes les astuces de la couverture et du camouflage, du combat de nuit, du combat à la baïonnette, du combat au couteau, des communications air-sol — tout. Sans la moindre angoisse, nous étions capables de manipuler grenades et explosifs puissants. Nous maîtrisions des techniques de tueur remarquablement efficaces qui ne demandaient qu'à faire leurs preuves. Nous étions fiers de nos pouvoirs de chef, qui nous permettraient de lancer à l'assaut des douzaines d'hommes pour franchir sous le feu de l'ennemi un terrain alliant toutes les variétés imaginables d'humidité, d'aridité et de perversité exotique. Physiquement, nous étions dans une forme redoutable.

Me prélassant ces dernières années devant l'écran tremblotant de la télé, j'ai souvent suivi avec admiration les évolutions sur les vagues ou sur la neige d'adolescents bronzés, enchaînant zigzags et embardées avec une grâce d'antilope ; peut-être ai-je parfois ressenti une bouffée de nostalgie, mais aussi une admiration d'une totale sincérité, dans la mesure où avec une parfaite bonne foi je puis dire : « Paul Whitehurst était ainsi autrefois. » Plus jamais de ma vie ma santé n'aurait cette flamboyance de mes vingt ans. L'ambition de mes années de puberté —

alors que littéralement, et à ma grande honte, j'étais un gringalet de quarante-quatre kilos — se trouvait enfin comblée : j'avais de vrais muscles, et je savais comment en tirer parti. Je fumais des cigarettes, comme d'ailleurs la plupart des Marines, mais cela ne semblait en rien affecter mes sens, qui réagissaient au milieu ambiant avec l'acuité de ceux d'un éclaireur apache. Le soleil avait patiné d'un bronzage doré cette beauté virile. J'étais de la taille idéale pour commander une section de Marines, c'est-à-dire grand mais sans excès, bien en chair, mais sans pour autant être trop musclé : ceux qui étaient trop gros offraient une cible parfaite aux balles japonaises.

Stiles avait toujours été un sportif-né — champion de natation à Yale, entre autres — et, en conséquence, il n'avait nullement éprouvé le besoin de jubiler, comme je le faisais, en évoquant la force et la souplesse que nous devions à d'interminables heures de crapahutage et de patrouille. Une autre chose nous unissait (et je ne repense qu'avec stupéfaction à cet aspect de notre conditionnement), notre quasi totale absence de peur.

Quasi, dis-je. Dans le secret de nos conversations les plus intimes et les plus poussées, Stiles et moi avouions tous les deux éprouver ces angoisses et cette trouille à vomir que tout fantassin éprouve à la perspective du combat. Mais un chef de section de Marines est un peu comme un chef scout qui, emmenant ses gosses faire une randonnée à travers bois, se heurte à de multiples obstacles, cours d'eau troubles et pratiquement infranchissables à gué, serpents à sonnettes venimeux, essaims de guêpes redoutables, énormes grizzlis. Bien que lui-même à demi fou de peur face à ces obstacles et périls, le chef scout se doit de faire vaillante figure et de ne jamais trahir la moindre perte de sang-froid par crainte de voir sa petite troupe, peu à peu contaminée par la peur qu'il sécrète, s'égailler de tous côtés, cédant à une irrépressible débandade.

Un chef de section de Marines — le grade qui à l'époque avait le pourcentage de pertes le plus élevé de l'armée américaine, quel que soit l'échelon ou l'arme — doit en conséquence, paradoxalement, afficher la plus grande bravoure alors qu'il a les plus fortes raisons d'être terrorisé. À peine quelques semaines auparavant, des sous-lieutenants avaient été massacrés par douzaines comme du bétail lors du débarquement sur Iwo Jima. Stiles et moi en discutions fréquemment, avec une certaine ironie désabusée. Pourtant, tout en reconnaissant franchement éprouver des accès passagers d'ignoble peur, nous aboutissions tous deux à la conclusion que la nécessité où nous étions d'*afficher* en permanence sang-froid et imperturbabilité nous rendait, dans une large mesure, flegmatiques et imperturbables, jusqu'au jour où la peur elle-même en vint à refluer loin derrière, mêlée au fardeau d'autres anxiétés et émotions variées. En premier lieu, nous étions sur la brèche presque chaque jour et avions trop à faire pour être obsédés par la peur. En outre, nous nous réjouissions à la perspective du combat, brûlions d'envie d'affronter ses périls, ses défis et sa fièvre. Après tout, ce n'était pas pour décrocher une banale sinécure administrative que nous nous étions engagés dans les Marines. Sinon, nous nous serions engagés dans l'Armée. Nous nous étions engagés pour le prestige, l'âpreté, le sentiment d'appartenir au plus héroïque de tous les ordres guerriers. Et mus par une passion quasi insondable — où se mêlaient le désir de tuer et le frisson de risquer la mort — nous avions choisi d'embrasser l'idéal le plus enivrant, celui de la virilité. « God Bless America » et le combat contre le mal y étaient pour beaucoup, bien entendu — nous pensions tous qu'il s'agissait d'une guerre noble —, mais le mobile patriotique était secondaire. Le Corps eût-il été finlandais ou grec, je pense que nous aurions aimé les Marines. Je crois que, fondamentalement, nous aspirions à devenir des symboles accrocheurs de notre époque, bien que de modeste stature ; en exterminant une ou deux escouades de Japonais fanatiques, nous nous couvririons de gloire et de Silver Stars, rentrerions aux États-Unis en permission pour baiser une flopée de filles déchaînées et, dans nos uniformes vert bouteille ornés d'étincelantes barrettes dorées, nous pavaner dans les rues avec une allure tout aussi héroïque que Tyrone Power. Nous aurions été honteux de nous laisser affecter par la peur.

Il est facile d'imaginer notre dépit, donc, lorsque, à peine avions-nous quitté Saipan, nous apprîmes que l'assaut de la division contre Okinawa — à cinq jours de là — n'était nullement une offensive mais une feinte, une diversion. Il n'y aurait pas de débarquement. Par contre, tandis que les autres unités de Marines et de l'Armée prépareraient la véritable invasion plus au nord, nous serions engagés dans une attaque amphibie bidon : des douzaines de péniches de débarquement fendant les vagues pour gagner la côte sous couvert de nuages de fumée, stoppant au dernier moment, faisant demi-tour, puis regagnant la flotte des ravitailleurs qui attendaient au large — la manœuvre tout entière, bien sûr, montée dans le but de tromper les forces japonaises et, en les dupant, de les détourner des vrais envahisseurs qui emporteraient d'assaut les plages Hagushi. Après cette exhibition trompeuse et prétentieuse, la division serait mise en réserve flottante, comme on dit. Ce qui impliquait d'être pendant des jours et des jours ballottés à bord de navires d'une intolérable exiguïté, en proie à un ennui abrutissant, absorbant de la nourriture de plus en plus exécrable par suite d'un long stockage, et dans l'attente du moment où nous serions tous débarqués pour enfin goûter au combat. Jusqu'ici, rien à dire — des Marines avides de combattre étaient capables d'endurer quasiment tout, à condition de pouvoir tôt ou tard tirer sur l'ennemi —, pourtant il y avait un os qui ne présageait rien de bon. Selon des rumeurs qui s'étaient répandues bien avant le matin de l'opération Z, (Z comme Zéro), après l'assaut bidon et les interminables heures passées en mer, nous ne serions nullement appelés à combattre, mais, au contraire, regagnerions notre Saipan enchanteur, ses nuits vides et ses films d'Abbott et Costello. Pour Stiles et moi, c'était là une monumentale escroquerie. Et aussi, l'état d'esprit de nos soldats qui, trempés de sueur, tournaient comme des lions en cage sous le pont de l'*USS General-Washburn* s'en ressentait, ils étaient perplexes, agités et déprimés. En outre, ils étaient gonflés à bloc, brûlaient du désir de combattre, et quand bien même un petit nombre d'entre eux avaient été soulagés de s'en tirer à bon compte, je pense que la tournure prise par les événements les laissait pour la plupart maussades et déçus. Le seul danger auquel nous serions exposés était réel, mais d'une certaine manière banal, grotesque, abject : les attaques kamikazes.

Se trouver à bord d'un navire victime d'un avion kamikaze était aussi ignominieux que de se faire écraser par un camion de blanchisseur.

Peut-être un transport de troupes est-il le cadre de vie le plus déplaisant jamais imaginé par l'homme — un espace resserré et fétide, occupé par cinq fois le nombre d'êtres humains qu'il a été conçu pour héberger. Les hommes dormaient dans des couchettes ou des hamacs, tellement pressés les uns contre les autres que les corps allongés ressemblaient à des pièces de viande entassées dans l'attente du fourgon de l'équarrisseur. Quant au bruit incessant, aucune prison au monde ne pourrait rivaliser avec les entrailles d'un transport de troupes : la stridence et les beuglements de centaines de voix, les trépignements, les ronflements, le caquetage constant, les sifflements, le choc des armes contre le pont et les cloisons, et par-dessus tous les gémissements et les grincements du navire lui-même qui, constamment ballotté, se frayait une route dans l'immensité des flots. Les hommes ne pouvaient circuler dans ces quartiers surpeuplés et suffocants ; ils se faufilaient en crabe, fesses contre ventres, dans une atmosphère empestée par les corps, la mauvaise haleine, les relents de cuisine, les pets et souvent les vomissures, le mal de mer étant endémique et nullement réservé aux enfants des Grandes Plaines. Les absurdes files d'attente, qui sont une caractéristique banale de la vie militaire, avaient ici, au hasard des coursives obscures d'un transport de troupes, une sorte de pérennité sordide — trois heures de queue pour la nourriture, deux heures pour les douches, des queues zigzagantes pour les toilettes, et même des queues pour permettre aux hommes, par groupes à l'effectif soigneusement calculé, d'émerger quelques courts moments de leur tombe pour respirer l'air marin sur le pont avant ou la dunette arrière.

Par beau temps le pont était un refuge, et ce fut là qu'un après-midi — peut-être dix-huit heures avant notre « assaut » sur Okinawa — je m'endormis, abrité du vent par un panneau d'écoutille et en proie aux rêves les plus troublés, les plus confus et les plus insupportablement tristes dont c'est en vain que je tenterais jamais de me souvenir. Tous étaient en rapport avec mon enfance et avec mon père et ma mère, mais ils ne reflétaient aucun écho de sérénité, aucun espoir de paix, rien d'autre qu'un vague mais effrayant présage de l'éternité de la guerre. Je m'éveillai en sursaut, non comme à l'ordinaire débordant d'enthousiasme et d'entrain, mais accablé de chagrin et aspirant à quelque chose de tout à fait innommable. Sentant l'immense navire vaciller sous moi, je clignai des yeux au spectacle des flots houleux et me rendis compte que, pour la première fois peut-être depuis que j'étais dans le Pacifique, je venais d'avoir une vraie crise de mal du pays. Mais quel était le message de ces rêves ? Je me le demandais. Comment expliquer qu'ils m'avaient laissé si vulnérable, si désarmé — si peu semblable à un Marine, tellement semblable à un enfant perdu ?

Quand je me réveillai, Stiles me contemplait. Il avait une expression morne et chagrine et son visage était empreint de tristesse, un de ces visages typiquement anglo-saxon, un nez patricien proéminent, légèrement busqué, des yeux noisette pleins de perspicacité, et de grosses dents carrées et étincelantes qui, lorsqu'il riait, lui donnaient un air jubilatoire — et c'était un grand rieur.

Mais, ce jour-là, il était gris de tristesse. Il portait un sweat-shirt réglementaire et un short, et tenait à la main un exemplaire du *Léviathan* de Hobbes, dans l'édition de la Modern Library. Il se pencha et me redressa d'une secousse jusqu'à ce que, de nouveau sur pied, je le suive vers le bastingage, nous frayant tous les deux un passage parmi plusieurs douzaines de Marines vautrés sur le pont, occupés à nettoyer leurs M-1 et leurs BAR pour la dixième, la douzième ou la treizième fois du voyage.

« Tu es au courant des ragots, n'est-ce pas ? » me dit-il, tous deux accotés au bastingage. À l'approche d'Okinawa, le *General-Washburn* avait réduit l'allure approximativement aux trois quarts de sa vitesse, et les autres navires de la flotte avaient ralenti eux aussi. Nous contemplions l'énorme armada qui, de tous côtés, remontait vers le nord — des douzaines de transports de troupes et de navires ravitailleurs, au moins un porte-avions de la classe de l'*Essex*, deux cuirassés et, très loin en flanc-garde, une meute d'escorteurs rapides comme des flèches, évoluant comme de vifs et ardents chiens de berger tandis qu'ils accompagnaient notre laborieuse progression sur une mer venteuse mouchetée d'écume et d'embruns. « D'après les ragots, poursuivit Stiles, nous ne débarquerons pas à Okinawa, même une fois en réserve flottante. À ce qu'on dit, Happy Halloran pense que toute la division va être renvoyée à Saipan.

— Ah bon, fis-je, qu'est-ce que tu en sais ? » Je parlais d'un ton blasé, mais ma détresse, le brutal sentiment de déception, était comme l'étau d'une nausée dans mon estomac. « Comment peux-tu en être tellement certain ? » Je m'arrêtai un instant. « Merde !

— Je n'en sais rien, répliqua Stiles ; mais pour ce genre de choses, le Vieux ne se trompe quasiment jamais. » Il se tut et leva les yeux vers le ciel. « T'as vu des accrochages aujourd'hui ? »

Il parlait de combats aériens. À mesure que la flotte approchait les eaux japonaises, et ce, depuis la veille, des kamikazes et autres appareils japonais — chasseurs et bombardiers — s'étaient enhardis à nous harceler comme des frelons au cours de leurs sorties à partir de bases situées sur Kyushu. Hier, Stiles et moi, ainsi que des centaines d'autres Marines poussant des hourras et rassemblés sur le pont, avions suivi un combat acharné, comme la plupart d'entre nous n'en avions vu que dans les actualités de Fox Movietone. Tout s'était déroulé à si basse altitude que je n'avais pas eu besoin de mes jumelles : un Zero et un Hellcat pris dans les spirales d'un duel extraordinaire, l'Américain dominant d'abord l'engagement, son appareil, balle luisante piquant implacablement dans le sillage de sa proie et avec une telle précision que les évolutions des deux adversaires semblèrent, un bref instant, exécuter un ballet quasi amoureux ; puis, dans une torsion pratiquement impossible à suivre, le Jap talonnant le Hellcat, vomissant des rafales de fumée et un pointillé de flammes ; un nouveau revirement, la longue plainte stridente des deux moteurs très audible maintenant, car plus proche, presque au ras des mâts du navire. Puis — Seigneur Jésus ! — une soudaine explosion, le panache bitumeux d'une barbe de fumée, tous les cœurs palpitant d'angoisse (le nôtre ? le leur ?), et maintenant — ô bonheur — le fuselage frappé de son rouge Soleil levant emporté comme un faucon mutilé dans un plongeon vacillant vers la mer et percutant les flots à quelques mètres tout au plus, avec cette finalité délicieuse dont depuis Pearl Harbor les actualités n'avaient cessé de nous abreuver. « Un sacré pilote, ce salopard de Jap », avait dit admirativement Stiles en contrepoint du chœur de vivats, tandis que, traînant un sillage, le Hellcat regagnait son porte-avions et que nous regardions un geyser de vapeur jaillir de la tombe du Zero, un parapluie de rosée balayée par le vent et qui, déjà, refluait rapidement vers le sud.

Mais aujourd'hui, rien. C'était tout aussi bien. Nous n'avions besoin de rien pour nous faire oublier notre déception.

« Nous pourrions aller voir le Vieux, suggérai-je. Qui sait, il nous dirait peut-être ce qu'il en est. » J'étais encore accablé par les sombres réminiscences de mes rêves, mais incapable de préciser la source de mon chagrin, comme si j'avais été plongé dans l'affliction, mais une affliction inquiète, la perte d'un être que je ne parvenais pas à identifier, d'un lieu jadis aimé mais irrémédiablement détruit.

Le lieutenant-colonel Timothy (« Happy ») Halloran occupait une cabine minuscule, mais c'*était* une cabine — comme il seyait à un officier de son grade — et, à notre entrée, il se rasait devant un lavabo. Il raclait consciencieusement le pourtour et le dessous d'une moustache noire en crocs véritablement fascinante. Ses yeux, réfléchis par un petit miroir en acier accroché à la cloison, nous renvoyaient nos regards. A part cela, je ne voyais rien d'autre que, de dos, son torse superbement musclé ; la cicatrice luisante d'une blessure par balle au ras de l'aisselle (récoltée à Tarawa) rehaussait la présence prestigieuse d'un homme à l'égard duquel — à l'époque — le mot « admiration » eût été d'une platitude dérisoire. Deux jeunes prêtres abordant un « monsignore » à la renommée et au charisme exceptionnels, des débutants signalant avec déférence leur présence à Joe DiMaggio [1], deux membres du Congrès tout à fait novices cherchant conseil auprès du président de la Chambre — c'était ainsi que Stiles et moi venions rendre visite à Happy Halloran. Notre respect même entraînait un certain irrespect, et quant à Halloran, il encourageait l'absence de formalisme ; c'était l'un de ces estimables officiers de Marines qui, sans perdre la moindre parcelle d'autorité, se piquait d'être d'un abord facile.

Il se raclait le visage, indifférent aux mouches éhontées — passagères clandestines embarquées à Saipan — qui bourdonnaient tout autour de lui. Sa mousse à raser était parfumée à la lavande, ce qui paraissait tout aussi incongru que le simple fait qu'il se rasât à cette heure — jusqu'au moment où la pensée m'effleura que c'était très *Halloran.* Il entendait faire le débarquement, tout avorté qu'il fût, avec un visage raisonnablement glabre et lisse, et risquait d'être trop occupé durant le reste de la journée et la nuit pour fignoler sa toilette. Je soupçonne qu'il tenait aussi à mettre pittoresquement en valeur sa moustache en crocs. J'admirais cette touche de panache, et je me

1. *Joe DiMaggio* : célèbre joueur de base-ball, et un temps mari de Marilyn Monroe. *(Toutes les notes sont du traducteur.)*

rappelais qu'il avait donné à tous les hommes du bataillon l'ordre de se raser eux aussi, qu'ils en eussent ou non besoin — et certains étaient assez jeunes pour ne pas en avoir besoin. Pour Halloran, ce n'était pas de la foutaise, mais de la classe, et les gosses étaient aux anges. Je sentais avec passion que, n'eût été l'exemple de Halloran, Stiles et moi ne serions jamais devenus, loin de là, les chefs de section que nous étions. C'était de l'engouement absolu.

« Comment va, Dougie », dit-il à Stiles, puis à moi : « Comment va, Paul, alors, toujours d'attaque la trique ? Asseyez-vous et mettez-vous à l'aise.

— Merci, sir, fîmes-nous à l'unisson, en nous installant sur sa couchette.

— Ainsi, l'affrontement tant attendu avec notre méprisable ennemi, mes petits gars, ne sera finalement qu'une petite bagarre de rien du tout, sans même un coup de feu tiré sous l'empire de la colère. » Il continuait à se raser tout en prononçant ces mots qui, bien que destinés à sonner écossais, supposai-je, ne ressemblaient à aucun dialecte ni accent de ma connaissance. Pour moi c'était minable, mais un pareil effort d'imitation marquait le summum de son sens du comique. Même alors, à travers la mousse, il souriait de ce qu'il venait de dire. Il avait quelque chose d'un peu basané — je supposais qu'on aurait pu le décrire comme un Irlandais noir — et la fossette du sourire qui lui arrondissait les joues, ainsi que sa voix joviale du Middle West, évoquaient vaguement Clark Gable. Avec une affection bizarre, je m'étais dit un jour que s'il était possible de distiller la pure masculinité qui émanait de sa personne, d'en faire une sorte d'essence volatile, ce serait un triomphe de publicitaire — une eau de Cologne baptisée « Bandante », fleurant le cuir, la sueur et la poudre. Dans ce temps-là, il était à mes yeux l'officier de Marines sans égal. Il était sorti diplômé de Citadel[1], où il s'était spécialisé dans les études techniques mais avait été contraint de lire Longfellow. Il n'avait jamais entendu parler de Franz Joseph Haydn, d'Anton Tchekhov ni de William Blake. Mais comme j'étais un de ses fervents, cette ignorance était à mes yeux un défaut quasi incurable et sans la moindre importance.

Renonçant à son accent du terroir, il jeta dans le miroir un coup d'œil au livre de Stiles et dit : « Dans quel savant pontife vas-tu fourrer le nez maintenant, Dougie ?

— Hobbes, sir, répondit Stiles, un philosophe anglais du XVIIe siècle. Le livre a pour titre *Léviathan.* C'est probablement son chef-d'œuvre. »

Je pouvais voir dans la glace que Halloran souriait.

« Dis-moi en gros de quoi il s'agit. Est-il bolcho ou anti-bolcho ? »

Après une brève hésitation, Stiles répondit : « Eh bien, il est difficile d'être précis, sir, dans la mesure où son contexte historique était tellement compliqué et où il a précédé Marx de tant d'années. On pourrait dire, je suppose, que, par son concept de l'État comme une espèce de supermonstre, il nous proposait, volontairement ou non, l'une des plus anciennes critiques de la version communiste du totalitarisme. Mais il faut dire qu'en

1. *Citadel* : célèbre école militaire privée — Charleston, Caroline du Sud.

même temps, on ne pouvait guère le saluer comme un champion de la démocratie.

— Dans ce cas, il se situerait à droite, par rapport à l'autre type... quel est donc son nom, John Locke ?

— Oh, sans aucun doute, dit Stiles. Par comparaison, Locke serait un vrai libéral. »

Halloran rumina quelques instants, son rasoir à main en suspens. « Quelle influence ce type a-t-il sur Marx ? Autant que Hegel ?

— Ô mon Dieu, non, dit Stiles, personne n'a eu autant d'influence sur Marx que Hegel. Oh, je suis certain que Marx avait lu tous les grands philosophes sociaux anglais — Hobbes, Locke, Bentham —, mais il eut plutôt tendance à rejeter leurs idées et conçut son propre système.

— Ce Marx, fit Halloran en secouant la tête, ce salaud de Marx. Quel semeur de merde. »

Il s'interrompit et d'une pichenette détacha de son rasoir à main une boulette de mousse, la lame au fil bien affûté, mince et menaçante, le seul rasoir de toute l'unité qui ne fût pas mécanique, et pratiquement le seul que j'eusse jamais vu. C'était l'un des attributs du colonel, au même titre que la moustache en crocs ou son revolver, le Colt .38 « special police » qu'il portait à la hanche dans un luxueux étui de cuir rouge sang-de-bœuf si énergiquement briqué à la salive qu'un jour, comme il avait dégringolé à ses pieds au cours d'une manœuvre sur une plage de Saipan, je vis mon visage bouffi se refléter dedans, comme dans un miroir de baraque foraine. Ni la moustache à la Jerry Colonna ni le revolver n'étaient réglementaires ; les moustaches étaient autorisées mais ne devaient pas avoir l'air « recherché[1] » et la seule arme de poing réglementaire était le .45 automatique. L'automatique, on le constatait fréquemment, n'était pas réellement fiable, car difficile à braquer (bien qu'une fois braqué il fût capable de pulvériser un bœuf). Mais c'était moins pour cette raison que Halloran arborait cette arme de poing et l'extravagante moustache que pour leur panache et leur style, auxquels sa réputation légendaire lui donnait droit. Le Corps des Marines est rigoureux, voire même prussien, par nombre de ses exigences quasi fétichistes, mais cependant d'un laxisme quelque peu touchant dans son indulgence à l'égard d'extravagances raisonnables affichées par certains excentriques favorisés ; à l'inverse des Prussiens, les Marines, du fait de cette façon débonnaire de voir les choses, ont échappé à la démence.

« Ainsi, tu penses que ce Hobbes est capable de t'aider à anéantir Marx quand tu t'atteleras à ce livre que tu as l'intention d'écrire ? demanda Halloran.

— Oui, sir, tout à fait, assura Stiles. Un homme dont la propension au mal fut à ce point énorme et irrépressible a forcément dû puiser ses idées à de nombreuses sources, et je ne veux pas omettre fût-ce un fragment des idées peut-être émises par l'un de ses prédécesseurs.

— Eh bien, je le répète, je continue à te souhaiter bonne chance. » Il s'arrêta de nouveau. « En tout cas quel foutu semeur de merde, ce salaud de Marx. »

J'espérais un peu que cette partie de la conversation allait cesser, dans la mesure où je l'avais déjà entendue,

1. « *Recherché* » : emprunt au français, au sens de « affecté », « prétentieux ».

elle ou son équivalent, à plusieurs reprises. Dans les Marines, le débat politique a toujours été freiné par une sensibilité sous-jacente et en conséquence virtuellement interdit (il *est* interdit au carré des officiers, au même titre que la religion ou le sexe) ; mais le danger bolchevique, je m'en étais aperçu, était souvent un sujet idéal. Comme la plupart des officiers de carrière, Halloran était politiquement ignare, et Stiles était devenu son mentor. Quant à moi, je portais à la politique considérablement moins d'intérêt que Stiles, parfois poussé par son engagement à s'emballer de façon exaspérante. Mais brusquement et par bonheur, le sujet se dissipa. Quelques instants, nous contemplâmes Halloran qui s'essuyait les joues avec une serviette, puis les saupoudrait de talc. Bientôt, je le savais pour l'avoir déjà vu faire, il cirerait avec soin la moustache avec un truc qu'il appelait « glu super luxe », puisant dans un petit pot acheté à San Francisco, à Chinatown. Mais à l'instant où il se tapotait les joues, en poussant un soupir de satisfaction, nous entendîmes par-dessus le vrombissement des moteurs du navire un lointain grondement, perçûmes dans l'air une vibration menaçante ; un bref instant, nous dressâmes tous l'oreille. Puis nous nous détendîmes. Il pouvait s'agir de n'importe quoi, loin au large : un kamikaze annihilant un destroyer, le torpillage d'un porte-avions de la classe de l'*Intrepid* ou de l'*Essex*, un navire de ravitaillement bourré de munitions réduit en limaille de fer et en vapeur — n'importe quoi. Halloran, sans cesser de scruter le miroir, esquissa en silence les mots « Putain de merde ».

« Sir, dit Stiles, tous ces ragots selon lesquels la

division va regagner Saipan, que faut-il en penser ? Est-il vrai que *jamais* nous ne débarquerons ?

— Je n'en jurerais pas, Dougie, répondit Halloran, mais je n'en serais pas surpris. Selon un tas de tuyaux qui filtrent de G-2 [1], on n'aura pas besoin de nous. Maintenant, je vous en prie, ne me demandez pas pourquoi. Mais le bruit court qu'à Washington, ou à Pearl, quel que soit le lieu où sont prises ces décisions, on est convaincu que nos deux divisions plus les divisions d'infanterie feront largement l'affaire. Dans ce cas, cela signifie, retour à notre bonne vieille île et aux nuits chaudes de Garapan.

— Mais grand Dieu, sir ! » Stiles était debout, martelant du poing sa paume, en proie au trouble et à l'indignation. « C'est grotesque ! Nous n'avons pas parcouru des milliers de milles pour rester assis en rond sur cette petite île puante à regarder nos mains et nos pieds tomber en pourriture. On nous a formés pour tuer du Japonais, bon Dieu ! Et voilà maintenant que demain il y a cette opération bidon, rien que pour nous faire râler. Ce ne serait pas si terrible si nous savions qu'au moins on nous gardait en réserve, que tôt ou tard on nous débarquerait. Mais *ça* ! Retourner à Saipan pour nous transformer en zombies ! C'est — sa voix grimpa d'un ton plaintif — c'est intolérable !

— Du calme, Douglas, petit », dit aimablement Halloran, retrouvant cette fois un accent irlandais, épouvantable mais d'une certaine façon plus convaincant que le rythme des Highlands ; il était, après tout, de souche irlandaise. « Dans le Corps, tu apprendras à endurer la

1. *G-2* : Services de renseignements des forces armées.

frustration et à accepter les ordres comme le gentil p'tit gars que tu es. Si tu ne fais pas Okinawa, tu feras sûrement la grande île. Et alors sur la grande île, j'en ai la ferme conviction, tu auras tout le loisir de te payer la peau d'une bonne demi-douzaine de ces petits babouins à queue zébrée — peut-être une cinquantaine. Et aussi, ajouta-t-il, avec un clin d'œil lubrique, tu auras droit à une flopée de ces petites chattes de traviole. » Il faisait allusion à la plaisanterie courante chez les Marines, inlassablement ressassée, comme quoi la vulve des Japonaises est horizontale.

« Mais la grande île ! Dieu sait dans combien de temps. N'importe quoi pourrait arriver. On pourrait tomber malade, avoir un accident — n'importe quoi. » Stiles resta quelques instants sans rien dire, puis reprit d'une voix plus calme : « Sauf votre respect, sir, et sans vouloir vous offenser, personnellement vous avez réglé leur compte à pas mal de ces babouins. Pas nous. » Il étendit le bras dans un geste qui m'englobait, le visage marqué d'une expression qui, de façon embarrassante, le faisait paraître au bord du chagrin. « Jamais nous n'avons vu de nos yeux un seul Japonais ! »

Il y eut un nouveau *broum broum* sourd, plus proche cette fois, suffisamment rapproché pour que se contractent les sourcils du colonel. « Kamikaze », dit-il, puis déployant son corps il s'approcha du hublot. « Salopards de dingues, ces foutus Japonais, murmura-t-il d'une voix plate et dénuée d'émotion, en scrutant l'océan. Des dingues, ces enfants de salauds. Des chiens, ces salopards de merde, un nid de salauds, tout cet empire de merde. Quatre-vingts millions d'animaux contaminés par la rage. » Il s'écarta du hublot, se lécha les lèvres, respira un bon coup, tenta de dire autre chose, puis finit par se rabattre sur un vaillant mais plutôt médiocre : « Enculeurs de chiens. » Soudain une étincelle s'alluma dans ses yeux — il était clair qu'il en avait terminé avec Stiles et sa fougueuse dissidence — et il dit : « Bon, on va prendre une goutte de whisky, les gars, et je vous raconterai une petite histoire. »

Brusquement je n'eus aucune envie d'entendre raconter une histoire. De nouveau, je fus saisi par cette sensation d'abattement et de hantise qui s'était emparée de moi sur le pont. De nouveau, j'éprouvais ce lancinant mal du pays et j'aspirais à replonger dans le sommeil. Mais il me fallait écouter (ou feindre d'écouter) l'histoire, quand bien même Halloran était l'un des pires conteurs qu'il m'eût jamais été donné d'écouter. Quelqu'un (peut-être Stiles) avait un jour fait observer qu'une fois arrivé au milieu de son histoire, Halloran lui-même commençait à s'endormir. De peur d'être mal compris, ce qui n'était nullement une affaire d'intelligence mais découlait d'une forme de surdité originale — non pas seulement un manque de savoir-faire, mais une insensibilité à toutes nuances sociales, comme un chanteur de cantiques qui de dimanche en dimanche et avec une magnifique assurance chante joyeusement sur, à peine perceptible, le mauvais tempo et un demi-ton faux. Halloran était un combattant tellement formidable que tout le monde lui pardonnait ses bouffonneries. Stiles qui, tout comme moi, vouait à Halloran une véritable vénération, mais qui, de même, se demandait ce qui pouvait bien se passer dans sa tête, m'exposa un jour ce que j'estimais être une analyse subtile. Happy Halloran était un *Marine professionnel.* Il était à cent un pour cent Marine Corps —

membre d'une confrérie de chevaliers, apôtre d'une foi, d'un mode de vie auxquels il s'était consacré avec l'ardeur farouche d'un gardien du Graal. D'accord, avait poursuivi Stiles, ce chevalier de l'Illinois avait fait ses premières armes à Culver Military Academy. Puis à Citadel, où le niveau intellectuel allait de pair avec celui d'un cours du soir pour retardés mentaux. Ensuite son affectation à la quatrième division de Marines à Shanghai, juste avant Pearl Harbor. Les Américains, de même que les Britanniques et les Français, avaient des années durant fait de Shanghai un lieu de loisirs. Sans doute la seule période de sa vie d'adulte où il avait eu l'occasion de goûter à l'atmosphère de la vie civile — en mangeant du potage wonton et en essayant de se taper la légendaire chatte blonde des Russes blanches. Puis enfin, les années de guerre — pratiquement le reste de sa vie (hormis une brève mission aux États-Unis) — passées dans les îles étouffantes du Pacifique, à combattre un ennemi qu'il haïssait avec une fureur maîtrisée à si grand-peine qu'il lui arrivait de suffoquer en prononçant son nom. Ne serais-tu pas toi aussi, me disait Stiles, un peu... hum... *bizarre*, je veux dire, pas tout à fait semblable à nous autres, gentils petits étudiants, si cela avait été le premier chapitre de l'histoire de *ta* vie de petit Américain ?

Le colonel versa un doigt de whisky dans trois tasses du mess et s'assit face à nous au bord de la couchette. Boire à bord était strictement illégal — mais, bien sûr, rien à en foutre. Comme tous les Marines qui avaient servi de nombreux mois dans le Pacifique, Halloran, à force d'accumuler et d'économiser ses arriérés de solde, était scandaleusement riche. « J'ai donné soixante-quinze dollars pour cette bouteille à un officier d'intendance de la Marine, dit-il avec un sourire, en mirant la flasque de bourbon ambré à la lumière. Old Forester. Rien de trop bon pour ces messieurs du deuxième bataillon. Je ne crois pas vous avoir déjà raconté cette histoire, les gars... »

Très porté sur la bière, je n'avais de ma vie goûté plus d'une demi-douzaine de fois au whisky ; je ne savais pas encore tout à fait comment assumer l'ivresse étonnamment poétique qui s'emparait de moi quand il commençait à grignoter mes cellules cérébrales. J'avalai une grosse gorgée et me sentis sur-le-champ pris de vertige, ce qui coupa court à toute velléité de suivre le récit de Halloran. La seule histoire que je souhaitais *pouvoir* entendre — le récit de sa bouche du fabuleux épisode de Tarawa qui lui avait valu la Navy Cross (et bien sûr, de notre part, un dévouement de chien) — était manifestement la seule histoire que lui, comme tout héros doué d'une modestie décente, ne pouvait conter. Au contraire (ô Seigneur, me dis-je), il se lança dans un autre récit au sujet de Shanghai, et des bringues effrénées d'un pauvre type dans une vie rigoureusement encadrée. Allait-il s'agir de Svetlana, la « comtesse » russe blanche aux cheveux de miel, soupçonnée d'être un agent des Japonais, qui avec toute sa sensualité s'était employée à extorquer des secrets à Halloran, le jeune officier de renseignements ? (C'était là une histoire qui se prêtait à de brillantes variations, qui aurait dû être empreinte d'élan et de suspense, comme un bon film de Hitchcock, en même temps qu'assaisonnée d'épisodes sexuels savoureux, mais Halloran en avait fait un récit tellement confus qu'il lui manquait tout cela, surtout le sexe. « Svetlana n'était qu'une putain », tel avait été son commentaire le plus osé, ce qui renforçait mon opinion selon laquelle, comme la plupart des anciens des écoles militaires, il était fondamentalement très prude, fort en gueule mais un hâbleur invétéré qui probablement avait baisé encore moins de filles que moi.) Ou bien, serait-il question de bière chinoise ? Halloran était capable de tenir un minimum de quarante-cinq minutes sur le brassage de la bière chinoise, pour ensuite enchaîner sur des sujets tels que l'esthétique des bouteilles et la façon dont le goulot moussait.

« Shanghai. » J'entendis le mot et j'exclus Halloran de mon esprit comme si j'avais coupé l'interrupteur. Les yeux de beaucoup de gens, lorsqu'ils ont affaire à un raseur, deviennent vitreux ; on peut bel et bien voir la pellicule vitreuse voiler insensiblement leur vision, une matité qui devient pareille à celle des huîtres crues depuis longtemps ouvertes. Moi, au contraire, j'ai toujours eu le don de préserver dans mes pupilles des pointes de lumière, donnant au raseur l'impression fausse que j'écoute. Ainsi, comme Halloran se lançait dans ses souvenirs, et que ma nostalgie devenait plus profonde, je sombrai dans une rêverie, tandis que deux souvenirs imbriqués vacillaient dans ma tête, pareils à des scènes d'un vieux film de famille. Les lointaines explosions m'avaient fait me représenter un porte-avions en proie aux convulsions de la mort ; j'avais une image fugace d'une fumée huileuse s'élevant en bouillonnant vers le ciel, le pont qui gîtait dangereusement, des marins qui dégringolaient dans la mer comme des jouets à ressort éparpillés. Puis cela se dissipa, remplacé par le souvenir du lancement du porte-avions *Ranger*, le premier porte-avions de l'Amérique, que, alors âgé de sept ans, j'avais cru être en grande partie l'œuvre de mon père — qui en réalité n'était qu'un modeste dessinateur du chantier naval, où il m'emmena (hébété de sommeil à trois heures du matin) pour, bouche bée, ouvrir des yeux émerveillés.

Et cela *avait* été palpitant de contempler le processus à la fois brutal et délicat pour lâcher le monstre dans son élément naturel — l'affranchir de son utérine cale sèche pour le lancer dans les océans où se déchaînaient les combats, « l'objet mobile le plus gros, le plus complexe et le plus coûteux jamais fabriqué par la main de l'homme » (les paroles mêmes de mon père). Elle avait pris neuf heures, cette parturition monstrueuse, déclenchée bien avant l'aube sous le flot des projecteurs par des équipes de Noirs psalmodiant des chants tout en maniant en cadence des béliers de chêne qui abattaient un à un, à intervalles minutés avec précision, d'innombrables poteaux de téléphone — des pieux de même gabarit qui pendant des mois avaient maintenu en équilibre parfait des milliers de tonnes d'acier inerte. « Une merveille de technologie ! » disait mon père. J'étais subjugué par le spectacle : les silhouettes noires luisantes de sueur qui scandaient en chœur leurs chants sauvages, angoissants, africains. Un tumulte contrôlé, mais aussi extraordinairement dangereux. De temps à autre, un pieu se détachait brusquement des autres, ou basculait du mauvais côté, et les Noirs, lâchant le bélier dans un bruit de tonnerre, se dispersaient pour sauver leur vie (nullement couverte en aucune façon, devrais-je ajouter, par les conventions collectives). Leur labeur cessait à midi pile, au moment où, presque en même temps, se produisaient deux événements. Tout d'abord, par un acte d'une irrévocabilité divine, Mr. Gresham, un ingénieur collègue de mon père, se faufilait tant bien que mal au fond d'un puits ménagé sous la coque et appuyait sur un bouton qui faisait exploser une cartouche de dynamite, pulvérisant le sommet de l'unique montant encore debout. « Un équilibre aussi précaire, vous vous rendez compte ! » chuchotait, ou plutôt hurlait mon père comme pour couvrir le rugissement de la foule tandis que la masse d'acier gris, drapeaux et pavillons déployés, commençait à glisser avec une infinie douceur vers les eaux boueuses de la James. Quel spectacle — ce nouvel enfant chéri des mers en train de naître, lubrifié, à mesure qu'il glissait le long du plan incliné de la cale, grâce à des masses blanc sale de suif aussi hautes que des congères. Le suif sourdait en serpentant sous la quille en gigantesques fioritures et gratifiait les spectateurs en liesse d'une odeur rance de viande de mouton. Quasiment à l'instant où Mr. Gresham appuya sur le bouton, j'entendis Mrs. Herbert Hoover gazouiller : « Je te baptise *Ranger* ! » Je remarquai que sa combinaison dépassait, sur quoi *clang*, et de nouveau *clang*, elle assena la bouteille contre la proue qui déjà s'éloignait, avant de frapper pour de bon sa cible, éclaboussant le *Ranger* et sa propre personne de la pourpre bénédiction du jus de raisin de la Prohibition. Une ou deux semaines plus tard, dans un des bulletins d'actualités, je captai bel et bien, une demi-seconde à peine, un aperçu flou de moi-même, contemplant mon père d'un regard ébahi et éperdu d'admiration.

Mais il y a autre chose que tu as oublié, songeai-je, alors qu'assis dans la cabine de Halloran, je sentais le bourbon me réchauffer et, du même coup, mes lèvres s'engourdir. Tu as oublié la voix de ton père dans la voiture sur le chemin du retour : « *Un jour, des avions décolleront de ce navire et bombarderont les Japonais.* » Tu avais foi en ton père comme tu avais foi — alors — en Dieu, mais cela tu ne le crus pas, tu crus simplement que c'était là une plaisanterie qu'il faisait au sujet de la guerre. La guerre, c'était du cinéma, la guerre n'était pas une chose qui pouvait arriver, pas aux Américains...

« J'avais alors un copain à Shanghai, disait Halloran, un canonnier de Marines nommé Willie Weldon. Il avait quelques années de plus que moi, un vieux routier de la Chine qui avait déjà combattu dans le régiment de Rupertus dans les années 30, quand les Japonais, selon leur habitude, semaient déjà la merde. » Soudain, je me rendis compte que j'avais laissé mon commutateur Halloran passer en position Marche, aussi hochai-je la tête et de nouveau je souris, en n'écoutant que d'une oreille. « Bon, Willie Weldon était l'une des plus fines lames à jamais avoir réussi à se faire un nom. Le grade de canonnier lui allait vraiment comme un gant. Ce gars-là, il brûlait d'envie d'en découdre. Bref, je dis à Willie que je le présenterais à une amie de Svetlana. Une fille du nom de Ludmilla, une Russe blanche vraiment belle et bien roulée qui habitait dans un chouette appartement à deux pas de Bubbling Well Road. » Il s'arrêta un instant et se gratta le menton. « Non, c'était près de la route de Nankin, je m'en souviens. Bubbling Well avait été interdite à la circulation. »

Je ne vous suis plus, colonel, me dis-je, de nouveau prêt à me laisser aller à la dérive. *Un raconteur de longues histoires*[1], avais-je envie de lui dire, doit être direct, linéaire, ne doit pas surcharger ses récits de noms de rues qui distraient l'attention, par-dessus tout il se doit d'être habile et pertinent, *pertinent.* Pour l'amour de Dieu, soutenir l'intérêt, pas de temps morts ! « Je crois me souvenir de son nom, Ludmilla, ou peut-être s'agissait-il de l'autre, Olga. Merde ! Je n'arrive pas à m'en souvenir. Non, une seconde. »

Chaque fois que, songeai-je — en coupant de nouveau Halloran —, chaque fois que j'étais submergé par un spasme de terreur sournoise, métaphysique, et que l'irréalité pure et simple de cette interminable guerre m'enveloppait comme un linceul mangé de moisissure, je pensais à mon père. Comment avait-il pu avoir cette prescience ? Comment tant d'années auparavant avait-il pu savoir que je me trouverais un jour dans une pareille situation ? Comment avait-il pu imaginer que, devenu grand, son fils serait un tueur, non seulement prêt à tuer, mais avide de tuer — de savourer la perspective de tuer avec une exaltation grossière, érotique ? Il ne savait rien du dénouement. Mais, bien entendu, il paraissait maintenant inévitable que lui — un homme qui avait contribué à la construction d'énormes engins de guerre, mais qui était un être pacifique doté d'un sens aigu de l'histoire — ait pu prévoir la trajectoire de la vie de son fils, vouée à se terminer ici parmi ces archipels lointains et inconnus avant même qu'il fût en âge de voter. Et le souvenir me revenait, avec une lucidité lumineuse, mnémonique, qui me laissait stupéfait, d'une lointaine journée où il avait

1. En français dans le texte.

quasiment prédit ma présence à bord d'un navire tel que le USS *General-Washburn*, poursuivant pesamment sa route cap sur la côte exotique d'Okinawa...

L'histoire publiée par *The Saturday Evening Post* avait pour titre « The Curse of the Rising Sun », et je la lisais sur la banquette arrière de l'Oldsmobile familiale, en panne de moteur à la lisière d'un champ d'arachides à proximité de la frontière entre la Virginie et la Caroline. À onze ans, j'étais capable de lire les récits de fiction du *Post* avec une facilité méprisante, mais je n'étais pas tout à fait assez mûr pour ne pas être troublé par le fantastique — une version 1930 de roman d'espionnage pimenté d'un zeste d'horreur futuriste. Ma mère, assise sur le siège avant, la jambe prise dans un appareil orthopédique, regardait, impassible, droit devant elle dans la lumière déclinante d'un après-midi d'automne, tandis que mon père s'évertuait à réparer le moteur fumant. J'étais le type même de l'enfant unique — un morveux insolent, égocentrique — et je n'offrais ni réconfort ni aide, pelotonné sur la banquette arrière et plongé dans ma chronique du cauchemar qui avait englouti l'Amérique « au début des années 50 ». Un enfer déchaîné. Des sous-marins gigantesques, de la taille de paquebots transatlantiques, avaient vomi leurs hordes au faciès de fouine sur une douzaine de sites de débarquement entre Seattle et San Diego. La paralysie s'était emparée du pays par suite de son impuissance à mobiliser ses moyens de défense. La Californie était devenue une nouvelle Mandchourie, prostrée, réduite en esclavage. San Francisco avait été mis à sac, ses habitants exterminés comme des insectes. Une faible résistance avait valu à Los Angeles d'être envahie ; les palais des magnats du cinéma étaient occupés par des officiers narquois, qui agitaient leurs sabres de samouraï et violaient les starlettes. (Je me souviens d'un dessin accompagné d'une légende : « *J'ai vu votre film à Tokyo, disait en ricanant le colonel Oishi à la pauvre Gloria terrorisée. Une jolie danse. Et maintenant vous allez exécuter pour moi une autre sorte de danse.* » Tandis que la première partie commençait à tirer à sa fin (je jetai un coup d'œil un peu plus loin et constatai que « The Curse of the Rising Sun » était un feuilleton en trois parties), un certain major Bradshaw des services de renseignements de l'Armée U.S., en poste à Denver au quartier général de la Défense, s'entretenait au téléphone avec son épouse résidant à l'Est et l'informait que la cinquième armée impériale japonaise, une légion de démons spécialistes de l'extermination des bébés et des vieillards, poursuivait son avance à travers le désert de l'Arizona en direction de Phoenix, où habitaient ses parents. Elle sanglota ; il lui conseilla de ne pas perdre courage. Des renforts en provenance du Texas étaient en route. À suivre la semaine prochaine.

Un épais nuage de fureur avait envahi et enveloppé notre voiture immobilisée. Non sans raisons valables, nous n'étions pas une petite famille très heureuse. Mais en général nous gardions notre calme et, bien élevés et imprégnés de nombreux préceptes chrétiens parmi les plus lénifiants, nous avions la décence de respecter entre nous les convenances. En réalité, l'amour que nous nous portions était teinté d'un désespoir très particulier. Mais pour un peu, j'aurais cru entendre la fureur bourdonner dans l'air chaud de l'automne. Mon père, pourtant patient par nature, était furieux de ne pouvoir réparer le moteur ; il était sorti diplômé de North Carolina State College, une école d'ingénieurs, ce que jamais il n'était parvenu à concilier avec son incompétence en mécanique. Fondamentalement, c'était un poète qui, par erreur, s'était fourvoyé dans la technologie. Je l'entendais murmurer ses jurons presbytériens : « La barbe ! Jéru-sa-*lem* ! » Ma mère était en proie à une fureur calme et implacable, car la nuit précédente dans la maison de ma grand-mère, en Caroline, d'où nous revenions, je m'étais mal conduit, et de nouveau m'étais mal conduit dans la voiture, en formulant quelques grossiers commentaires de sale gosse au sujet des nègres très nombreux dans la région, et elle s'était écriée, avec des mots que jamais je ne l'avais entendue employer : « Ferme-la ! » Me sentant coupable d'avoir employé le mot que j'avais employé, j'étais furieux, et pourtant blessé dans mon amour-propre et furieux de la voir furieuse. Par étapes d'une lenteur et d'une cruauté démoralisantes, elle se mourait d'un cancer, et cela aussi faisait partie intégrante de la fureur qui nous submergeait. J'étais censé ne rien savoir de son état, en principe, mais, comme je n'étais ni stupide ni aveugle, je me demandais bien pourquoi. Une crise mineure, que d'autres que nous auraient assumée en faisant preuve d'humour et de sérénité, finissait par laisser mon père et ma mère, et à la longue moi, abattus et exténués, dans la mesure où, en microcosme, elle représentait l'inéluctable désastre qu'aucun d'entre nous n'était capable d'affronter ni de supporter.

Maussade, sans enthousiasme, je tentai de faire preuve d'un peu de bonne volonté. Je dis : « Dans une quinzaine d'années les Japonais auront envahi les États-Unis, et nous serons en train de les combattre. »

Ma mère gardait le silence. Quand enfin elle parla, une note de douceur dans sa voix me fit comprendre qu'elle avait maîtrisé sa colère à mon égard ; elle n'avait jamais mâché ses mots pourtant, et elle me dit alors ce qu'elle avait sur le cœur. « Paul, tu es allé lire cette ridicule histoire dans le *Post*. Ton père est abonné à ce magazine, je me demande bien pourquoi d'ailleurs. Cette histoire est tout bonnement un tissu d'inepties. De plus, elle est dégoulinante de préjugés raciaux. » Ma mère était sortie diplômée *cum laude* de Bryn Mawr, une femme aux principes élevés, perspicace et affranchie ; Yankee de Pennsylvanie, elle arborait son abolitionnisme comme un badge d'honneur dans cette partie du Tidewater, une enclave de comtés de vieille souche aussi fanatiquement ségrégationnistes que l'Alabama profond. « Une de mes amies les plus chères, Annie Wardlaw, tu ne l'as jamais connue — elle est morte —, a longtemps vécu au Japon avec son mari, un diplomate. Elle adorait les Japonais. Ils ne sont pas du tout comme ces... ces *bêtes fauves* du magazine. Ce genre d'histoire est *incendiaire*. »

Je me souviens d'avoir demandé ce que signifiait « incendiaire ». Je contemplais la monotonie du paysage, champs d'arachides et bosquets de pins, la grand-route au revêtement d'asphalte criblé de nids-de-poule, sur laquelle s'avançait maintenant à notre rencontre un incroyable tacot, un camion brinquebalant bourré jusqu'au toit d'une douzaine de journaliers, des Noirs vêtus de salopettes et de Mother Hubbards, les capes fabrication maison rapiécées et rapetassées de ces années de misère. Il nous croisa à petite allure, moteur crachotant, son chargement humain une confusion d'yeux qui roulaient, de dents étincelantes, un déchaînement de gesticulations et de bonds. « V's avez besoin d'un coup de main ? » entendis-je hurler le chauffeur. Mais, je le sentis, cela ne fit qu'alimenter la fureur de mon père qui, d'un hochement de tête, leur signifia de passer leur chemin.

« " Incendiaire ", dit ma mère, est un adjectif qui convient pour décrire ce mot ignoble que tu as employé il y a dix minutes en parlant de ces gens que tu vois ici dans cette campagne. Un mot de ce genre est incendiaire. Et répugnant. »

Elle était injuste. Elle m'avait déjà sermonné violemment, et voilà qu'elle revenait à la charge. Son injustice ne tarda pas à raviver ma fureur. Ce que j'allais dire pour protester, je ne sais, mais mon père y coupa court, en ouvrant violemment la portière et en s'affalant de désespoir sur le volant. « J'ignore ce qui ne va pas ! La tête du delco. Un court-circuit. Je n'en sais rien ! Aucun téléphone à des milles à la ronde ! ») Ses mains étaient noires, souillées de cambouis, frémissantes de tension.

« Pourquoi ne pas avoir laissé ces Noirs t'aider ? fit ma mère.

— Papa, m'entendis-je dire, les Japonais vont envahir les États-Unis. » Au tréfonds de moi-même couvait un besoin intense de représailles, aussi utilisai-je alors une expression empruntée au vocabulaire agressif du magazine : « Bande de bouchers dégueulasses.

— Cesse d'employer ce genre de vocabulaire ! » s'exclama-t-elle, en bougeant pour se retourner et me faire face, un mouvement brusque qui sans doute lui fit mal.

« Il est hors de question que nous fassions la guerre à quiconque ! » Elle jeta un coup d'œil à mon père. « Pourquoi lis-tu ce magazine ? Pourquoi consciemment vas-tu exposer un gosse de onze ans à ce genre d'ordures ?

— Écoute, Adelaide, on a publié le génie du Mississippi, William Faulkner, dit-il, avec une intonation lasse. Et aussi un de tes favoris, F. Scott Fitzgerald. Et aussi des romans d'évasion comme le récit en question.

— Il y a quelque chose de profondément immoral à publier des récits alarmistes à propos de la guerre, répliqua ma mère, surtout quand ils risquent d'être lus par des enfants.

— Des récits de guerre alarmistes ! renchérit-il d'un ton moqueur. Comment peux-tu être à ce point stupide ? J'ai horreur de dire ce genre de choses, mais à mon avis, tu es une *idiote* idéaliste. Tu devrais aller consulter un psychiatre ! »

J'étais abasourdi. Ses paroles m'avaient transpercé la poitrine comme un coup de poignard. La dignité et la tolérance avaient toujours été une telle constante de sa nature que ce genre de ton me paraissait — il n'y avait pas d'autre mot — monstrueux. Pitié ! Jamais une seule fois je ne l'avais entendu élever la voix en parlant à ma mère ; la maladie dont elle souffrait l'avait amené à lui manifester chaque jour une tendresse qui frisait la vénération. Mais maintenant — cette fureur. Peut-être s'agissait-il seulement de l'accumulation de ses frustrations — le moteur défaillant, sa famille en rade dans un trou perdu, les chamailleries, mon inconduite, une angoisse confuse. Quoi qu'il en soit, il se mit à sermonner ma mère avec le mépris d'un tyran. Son comportement m'écœura. Tout d'abord elle tressaillit comme s'il l'avait frappée ; puis elle eut un mouvement de recul et le contempla comme s'il était soudain devenu fou.

« Adélaide, tu ne te rends donc pas compte que le monde entier est embrasé par la guerre, l'a toujours été, l'est et le sera toujours ? Que t'imagines-tu que j'aie fait de ma vie depuis des années ? Pourquoi t'imagines-tu donc que j'ai participé à la construction du *Ranger* ? Pour envoyer des avions survoler la baie de Chesapeake à des fins touristiques ? Pourquoi t'imagines-tu donc que nous avons construit le *Yorktown* ? Et l'*Enterprise.* Et pourquoi t'imagines-tu que bientôt nous mettrons en chantier le *Hornet* ? Et ainsi de suite *ad infinitum.* T'imagines-tu que le gouvernement des États-Unis dépense des millions de dollars pour construire ces navires dans le seul but de disposer d'une belle Marine de prestige dernier cri ? Non, ma chérie — le " chérie ", d'ordinaire si tendre, avait une tonalité dure, sardonique —, ils sont destinés à faire la guerre, et la guerre ils la feront et, déjà maintenant toi et moi, tous nos amis de la péninsule de Virginie, en sommes les bénéficiaires. Es-tu aveugle au point d'être incapable de voir cette affreuse pauvreté qui sévit ici même dans le comté de Nansemond, tandis que nous nous baladons en Oldsmobile — une Oldsmobile en mauvais état, comme nous en avons eu la démonstration, mais le type de voiture que bien peu de gens ont le privilège de pouvoir utiliser, au milieu de cet effondrement de l'économie. C'est simple, ma chérie. Nous comptons parmi les rares privilégiés qui prospèrent grâce aux profits tirés de la machine de guerre. » Il se tut quelques instants, puis reprit : « Et si l'on parlait un peu de ces forteresses volantes de la base de

Langley, Addy, et de leur vacarme dont tu te plains presque tous les matins ? T'imagines-tu qu'elles font tout bonnement partie d'un quelconque jeu auquel nous nous livrons ? Et les chasseurs de la Marine basés à Norfolk ? Et les mouilleurs de mines de Yorktown ? Et ces convois de camions qui tous les jours sortent de Fort Eustis ? Aucun doute que tout cela doive tôt ou tard servir à quelque chose ! Ne vois-tu pas... »

Soudain il s'arrêta net. Connaissant mon père comme je le connaissais, j'eus l'intuition qu'il était incapable de se maintenir plus longtemps sur ce registre âpre et agressif. Et de fait, au même instant, il détourna les yeux et se mit à regarder la route droit devant lui, en même temps qu'il levait la main pour, d'un geste rassurant, lui effleurer l'épaule du bout des doigts. Je vis qu'elle se détendait à nouveau ; la perplexité et le choc momentané s'estompèrent pour faire place à une pâleur paisible et je me détendis à mon tour, sentant les muscles noués de mes bras et de mes jambes se décontracter de soulagement.

« Ô, Seigneur, pardonne-moi, Addy, finit-il par dire, d'une voix peinée et lointaine. Je m'excuse d'avoir élevé la voix ainsi. Mais je ne peux m'empêcher de penser... » De nouveau il eut une hésitation, comme s'il cherchait ses mots, et pendant ce qui me parut être de longs instants, il n'y eut d'autre bruit dans la voiture que celui de nos respirations, un trio de rythmes différents — « je ne peux m'empêcher de penser aux *générations* — comme je te l'ai dit un jour, je crois : tous nos aïeux directs blessés, mutilés ou tués dans pratiquement toutes les guerres livrées par ce pays. Nos arrière-grands-pères durant la Révolution et en 1812. Tous les deux couturés de cicatrices. Mon grand-père dans cette méprisable guerre contre le Mexique, tué à Buena Vista. À l'âge de dix-sept ans, mon propre père à demi aveugle et mutilé à Chancellorsville, si gravement que tout le reste de sa vie il clopina et se mut par saccades comme un handicapé moteur. Je suis le seul à m'en être tiré pendant la Grande Guerre à cause de ce providentiel souffle au cœur, que d'une certaine façon j'ai compensé en faisant mon apprentissage au chantier naval, à construire des croiseurs lourds. » Un instant il se tourna vers elle. « Sans doute pourrais-tu dire que ce fut ton pauvre frère David qui, plus tard et de façon indirecte, maintint la tradition de la famille, devint mon substitut, son esprit volatilisé à Château-Thierry, au point que même maintenant, errant dans cet hôpital pour anciens combattants de Perry Point...

— Non, arrête », murmura-t-elle, et lentement elle laissa sa tête retomber sur le dossier du siège. Elle n'avait pas encore cinquante ans. Des années auparavant, au-delà des confins de mon plus lointain souvenir, ses cheveux s'étaient mis à grisonner, et désormais la plupart étaient blancs, bien qu'étonnamment doux et lustrés grâce à sa volonté farouche de préserver une trace de sa beauté d'antan. Cela me rappelait le blanc des gardénias, et maintenant leurs mèches luisantes au ras de son front étaient toutes humides et assombries par les larmes. « Ne dis rien de plus, je t'en prie », fit-elle.

Il était manifeste qu'en son for intérieur il était ravagé par ce qu'il en était arrivé à épancher. Il avait aussi (involontairement, je le pense) laissé une méditation sur la guerre se répandre jusqu'à la lisière d'une pensée informulée — une prophétie qui concernait son seul fils et unique héritier. Comme toujours, et quand bien même je l'adorais, je fus embarrassé par l'émotivité qui le poussait, avec une passion à la fois farouche et gauche, à se retourner pour, à deux bras, étreindre ma tête et celle de ma mère comme s'il s'efforçait de les fondre en une seule, tout en murmurant : « Mes bien-aimés... mes bien-aimés. »

À l'instant même où les paroles de Halloran perçaient le voile de la mémoire, perçaient le flou que je devais au whisky, j'eus conscience qu'il en était presque arrivé à la fin d'une histoire qu'il nous avait déjà contée auparavant. Stiles et moi contemplions patiemment le colonel, qui nonchalamment regagnait le centre de la scène. Il s'était posté, ravi, au seuil de son dénouement. Les dents étincelaient sous la moustache de vaudeville et le rire qui fusait de sa poitrine l'avait rendu quasi incohérent. « Donc Willie, dit-il d'une voix entrecoupée, donc Willie était couché là en compagnie de cette pute de Ludmilla. Ils n'avaient pas encore ôté leurs vêtements, attention, mais bien entendu il était sûr qu'il allait se la taper. Puis il a fourré la main là, tout en bas — vous savez où je veux dire —, elle râlait et gémissait et tout à coup il tâta — encore un halètement — et tout à coup il tâta ce qui manifestement était une grosse, et raide... *bite* russe ! »

Feindre le rire avec une ardeur convaincante est un autre de mes talents de société, et je fis chorus à Stiles dans l'explosion d'allégresse générale. « Oh, sensass ! » m'exclamai-je.

« Ce n'était pas une *femme*, cette Ludmilla, vous comprenez, mais un *homme*. Un pédé de Russe blanc, vous savez, un de ces, comment on les appelle déjà ceux-là...

— Un travelo, intervint Stiles, un travesti ?

— Ouais, c'est ça. Bon sang, on peut dire que Willie, il s'est taillé de ce bouge ! »

Nos rires se calmèrent, mais, au milieu des derniers gloussements, Halloran sombra dans la méditation. « Willie a bien failli ne jamais récupérer, mais ça a fait toute une histoire. » Une note grave se glissa dans sa voix. « Grand Dieu, vous rendez-vous compte de ce qu'il a dû ressentir après. Tiens, *s'embrasser*, vous vous rendez compte. Fourrer sa langue dans la bouche de cet Igor ou Boris, peu importe son foutu nom. » Il fut secoué d'un frisson. « Au meurtre !

— Rien que d'y penser ça vous soulève le cœur, dit Stiles de façon conciliante.

— Mais, sacré bon Dieu, qu'est-ce qui te prend de chialer, Paul ? » entendis-je tout à coup Halloran dire, me ramenant brutalement au présent. Parfois, sur un visage, la frontière entre l'hilarité et le chagrin peut être, bien sûr, mal définie ; aussi parvins-je à plaquer une main sur mon front et, en me cachant les yeux, à murmurer : « Vraiment drôle, vraiment drôle », et je laissai les larmes du chagrin continuer à ruisseler sur mes joues. En réalité le mal du pays, qui d'abord s'était emparé de moi quand je m'étais réveillé sur le pont, avait maintenant englouti mon esprit, et je me sentais plus démuni et vulnérable que jamais encore depuis que j'étais parti pour la guerre. Je suis certain que la désolation de mon père m'avait intuitivement fait pressentir que l'histoire a le pouvoir de réduire irrémédiablement l'homme en victime ; de faire des hommes d'absolues victimes, des zéros tels que moi faciles à oublier. Que fais-je donc dans cette étrange et horrible saloperie de guerre ? songeai-je, stupéfait de constater la naïveté virginale de la question que je me posais. Me levant, je quittai la couchette et me hâtai de marmonner une excuse, en prétextant un besoin urgent d'aller aux toilettes, mais, sitôt sorti de la cabine, je plongeai dans l'odeur putride de la coursive qui menait dans la direction opposée et me précipitai de nouveau sur le pont. Je restai quelques instants penché au-dessus du bastingage, et laissai les larmes salutaires tomber goutte à goutte, emportées par le vent, dans la mer. Après tant de jours et d'heures innombrables passés à m'entraîner pour me préparer à la guerre, je décelai la première petite faille dans l'armure de ma bravade ; j'acceptai la douce logique de la petite voix intérieure qui me disait : *En réalité tu es soulagé de savoir que tu n'envahiras pas cette île demain ; tu seras ravi de regagner Saipan.* Sur quoi je bannis de mon esprit la perfide conseillère, m'essuyai les yeux, et regagnai la cabine d'une démarche digne en me frayant un passage entre les petits groupes et les grappes de Marines occupés à huiler leurs fusils et à briquer leurs baïonnettes qui brillaient comme des lances.

« Est-ce vrai, sir, me dit un jeune soldat, qu'ils vont nous mettre sur la touche ? Est-ce vrai que nous ne débarquerons jamais ?

— Sir, est-ce vrai ce que tout le monde raconte ? lança un autre. Qu'on va remettre le cap sur Saipan sans participer au moindre combat ?

— Sincèrement je ne sais pas, répondis-je. Si c'est vrai, eh bien, les gars, on est en train de se faire foutrement baiser. »

À dire vrai, je frissonnais en pensant à l'hypocrisie qui

m'étreignait tandis que je prononçais ces mots : leur fausseté était honteuse. J'étais certain que je recouvrerais mon sang-froid. J'avais été surpris garde basse, voilà tout. Mais en cet instant, j'étais en pleine confusion. Circulant sur le pont (en plastronnant nonchalamment selon mon habitude) j'échangeai de menus propos avec les hommes pour leur remonter le moral, arborai un sourire figé et, avec une stupidité cadencée, ne cessai de me murmurer : *Tu aimes le Corps des Marines, c'est une guerre formidable, tu aimes le Corps des Marines, c'est une guerre formidable...*

Shadrach

Mon dixième été sur terre, en l'an 1935, restera à jamais gravé dans mon esprit du fait de Shadrach et de la façon dont, alors comme par la suite, il égaya et attrista ma vie. Il survint un jour comme tombé du ciel, se manifestant en plein midi dans le village du Tidewater de Virginie où j'avais passé mon enfance. Une apparition noire d'une incroyable vieillesse, tremblotante et frêle, aux gencives bleuâtres et au grand sourire, une caricature de caricature à une époque où tout vieux Noir rouillé et au rancart était (aux yeux de la société, et non seulement aux yeux d'un petit garçon blanc du Sud) une combinaison de Stepin Fetchit [1] et d'Uncle Remus [2]. Ce jour-là, quand il sembla se matérialiser devant nous, comme pratiquement surgi de l'éther, nous disputions une partie de billes. De nos jours, il est rare que les petits garçons jouent aux billes, mais, en

1. *Stepin Fetchit* : acteur noir des années 30, célèbre pour ses interprétations de personnages clownesques et obséquieux dans d'innombrables films comiques.

2. *Uncle Remus* : personnage très populaire de domestique noir, dépeint de façon touchante après la guerre de Sécession par un auteur blanc (Joel Chandler Harris).

1935, les billes étaient une obsession, devançant de peu chez les gosses la folie du yo-yo. Comme les potentats admirent les rubis et les émeraudes, on pouvait admirer ces sphères raffinées et multicolores ; elles avaient une matérialité robuste mais pourtant insaisissable, évocatrice des délices tactiles — le même plaisir esthétique et pourtant voluptueux — de précieux petits globes de jade. Ainsi, entre autres choses, mon souvenir de Shadrach est-il lié à la sensation minérale des billes entre mes doigts et à l'odeur fraîche de terre nue par une journée de chaleur étouffante à l'ombre d'un sycomore, et aussi à une autre odeur (ineffablement inséparable du moment) : une puanteur fondamentale que cette décennie facilement délicate avait baptisée O.C., odeur corporelle, et que dégageait un enfant surnommé Little Mole[1] Dabney, mon rival aux billes. Il avait dix ans, lui aussi, et il passait pour n'avoir jamais utilisé de savon Lifebuoy, ni aucun autre produit de propreté.

Ce qui m'amène bien vite aux Dabney. Car, je m'en rends compte, je dois parler des Dabney si je veux tenter d'expliquer le mystère global de Shadrach — qui jusqu'à un certain point était lui-même un Dabney. Les Dabney n'étaient pas de proches voisins ; ils habitaient, un peu plus loin le long de la route, une maison pleine de coins et de recoins, dégradée par les intempéries et qui n'avait même pas de pelouse. Le sol inculte et ingrat de la cour de devant était jonché de tout un bric-à-brac, réfrigérateurs éventrés, dynamos, fourneaux, et les vestiges de deux ou trois vénérables automobiles, de vraies antiquités, dont les

1. *Little Mole* : Petite Taupe, surnom moqueur.

carcasses pillées gisaient abandonnées au pied des sycomores comme d'énormes insectes mangés de rouille. À travers ces carcasses, dardaient à profusion herbes folles et roses trémières, pissenlits montés en graines, tournesols. Entre autres activités, Mr. Dabney bricolait dans la ferraille et les pièces détachées. Il faisait aussi de menus travaux, mais son occupation essentielle était la contrebande de l'alcool.

Comme en Virginie de nobles noms de famille tels que Randolph, Peyton, Tucker, Harrison et Lee, Fitzhugh et une bonne vingtaine d'autres, le patronyme Dabney est illustre, mais avec l'actuel Dabney, baptisé Vernon, le nom avait perdu presque tout son lustre. Selon toutes probabilités, il aurait dû aller à l'université de Virginie ; au lieu de quoi, il abandonna ses études en seconde. Ce n'était pas sa faute ; pas plus que n'était sa faute le déclin du prestige de sa famille. À en croire la rumeur, son père (un authentique descendant de l'éminente vieille souche, mais un homme affligé d'une faiblesse de caractère et d'un penchant pour la bouteille) avait, dans un passé lointain, dégringolé l'échelle sociale et perdu son statut F.F.V. [1] en prenant pour femme une métisse, une jeune Indienne Mattaponi ou Pamunkey de la York River, ce qui peut-être expliquait les cheveux noirs et le teint jaunâtre et terreux du fils.

Mr. Dabney — à l'époque je suppose qu'il approchait de la cinquantaine — était un gringalet entreprenant et hyperactif, à l'air préoccupé et profondément rébarbatif,

1. *F.F.V.*, *First Families of Virginia* : familles virginiennes de vieille souche.

aux lèvres pincées et au tempérament parfois irascible. Il avait aussi un langage d'une grossièreté ridicule, auquel je suis redevable de mes premiers gros mots. C'était avec délectation, avec cette même écœurante prescience ravie du mal qui m'assaillit environ huit ans plus tard quand je fus accosté par ma première prostituée, que j'entendais Mr. Dabney, lors de ses fréquents accès de fureur, employer ces mots qui m'étaient interdits dans ma propre maison. Loin de m'effrayer, ses blasphèmes et ses obscénités me donnaient le frisson par leur splendeur. Je m'exerçais à répéter ses mots en secret, puisant dans leur grossièreté ce que, de façon confusément pédiatrique, je pouvais diagnostiquer comme un prurit érotique. « Fils de pute bordel de dingue merdique sacré bon Dieu pot de chambre trou du cul ! » hurlais-je dans un placard vide, et je sentais se dresser ma petite quéquette de gamin de dix ans. Pourtant, si laid et menaçant que semblait parfois l'être Mr. Dabney, jamais je ne me sentis vraiment intimidé par lui, car il avait un côté gentil et plein d'humanité. Bien qu'il lui arrivât de jurer comme un charretier en maudissant sa femme et ses enfants, les chiens et les chats de toute espèce qui pullulaient un peu partout, et le bouc familier qu'il avait un jour surpris en train de dévorer ses souliers neufs, des Thom McAn à trois dollars, je ne tardai pas à m'apercevoir que même ses éclats les plus féroces étaient surtout des fanfaronnades. Cela incluait l'hostilité tapageuse et extravagante qu'il vouait à Franklin D. Roosevelt. La plupart des miséreux du Tidewater vénéraient F.D.R., comme d'ailleurs les pauvres gens de partout ; mais pas Mr. Dabney. Bien plus tard, je présumai que ses crises de colère s'expliquaient sans doute par un désir ardent de faire retour à ses origines aristocratiques.

Oh, comme je les aimais les Dabney ! En fait j'avais envie d'être un Dabney — j'avais envie de changer de nom pour m'appeler non plus Paul Whitehurst, mais Paul Dabney. Je me rendais à la ferme Dabney le plus souvent possible, me délectant de sa saleté et de sa pauvreté bon enfant. Je dois éviter d'évoquer une réplique de *Tobacco Road*[1] ; les Dabney étaient un cran au-dessus. Pourtant, il y avait des similitudes. La mère, prénommée Trixie, était une femme énorme, toujours en sueur, à la silhouette généreuse en pain de sucre, souvent ivre. C'était elle, j'en suis convaincu, qui encourageait le laisser-aller familial. Mais je lui vouais un amour passionné, de même que j'aimais et enviais la tribu Dabney tout entière et l'absence absolue chez eux des aspirations et prétentions à la distinction bourgeoise qui étaient le lot dont j'avais hérité. J'enviais les petits Dabney d'être toute une flopée — ils étaient sept enfants — qui faisait paraître mon statut d'enfant unique tellement décadent, gâté et solitaire. Seul le whisky illicite empêchait la famille de sombrer dans un dénuement absolu et j'enviais leur quasi-pauvreté. Et aussi leur religion. Ils étaient baptistes : ce que, presbytérien, je les enviais d'être. Être totalement immergé — quoi de plus mouillé et de plus naturel ! Ils vivaient dans une maison dépourvue de livres et de toute espèce de lecture à l'exception d'illustrés humoristiques — encore l'envie. Je leur enviais leur débraillé bon enfant, leurs lits à l'odeur

1. *Tobacco Road :* roman d'Erskine Caldwell (1932), *La Route au tabac.*

âcre jamais retapés, leurs cafards, le lino craquelé sur le sol, les bâtards familiers infestés de gale qui fourrageaient librement dans la cour et la maison. Mes désirs pervers m'entraînaient — pour détourner de son sens une expression inconnue à l'époque — sur une pente descendante. Affligé à l'âge de dix ans par la *nostalgie de la boue* [1], je me sentais frustré d'une certaine dépravation. J'étais trop jeune pour le savoir, bien sûr, mais une des innombrables choses dont les Dabney étaient victimes n'était autre que la Crise.

Pourtant, sous cette façade miteuse, les Dabney étaient une famille nantie de quelques biens. Alors que leur maison délabrée était louée à un propriétaire, comme d'ailleurs la plupart des habitations de notre village, ils possédaient ailleurs quelque chose, et il arrivait de temps à autre que, dans la maison, la conversation roulât sur la « Ferme » ; très loin en amont de la rivière, dans le comté de King and Queen. Mr. Dabney avait eu la maison de son débauché de père en héritage, elle était dans la famille depuis des générations. Il était improbable que ce fût grand-chose en fait de propriété, sinon elle eût été vendue bien des années auparavant, et quand, longtemps après, j'en vins à me plonger dans l'histoire du Tidewater de Virginie — cette terre originelle de l'Amérique dont le sol avait été épuisé par le tabac, dévasté et ravagé un bon siècle avant que la Californie, le Golden State, devienne une idée, moins encore un espoir ou un rêve, le rêve de la marche vers l'Ouest — je me rendis compte que la ferme Dabney avait sans doute été une relique aussi banale et

1. En français dans le texte.

aussi pathétique que les nombreuses « plantations » abandonnées en ruine, éparpillées sur une bonne centaine de milles à travers les laisses des marais situés entre le Potomac et la James. La chrysalide, dépourvue de peinture, d'une ferme vétuste trois fois reconstruite, entourée de quelques hectares de maïs et de taillis — c'était tout. Néanmoins, c'était vers cette demeure ancestrale que les neuf Dabney, serrés comme un magma d'anguilles dans une Ford Model T vieille de quinze ans et criblée de petits trous par les ulcères d'un délabrement incurable, se mettaient en route pour, chaque année, y passer le mois d'août, apparemment aussi désinvoltes et blasés à la perspective de leur rituelle villégiature que les Rockefeller levant le camp pour gagner les Pocantico Hills. Mais ils ne se bornaient pas à prendre des vacances. Je l'ignorais alors, mais le découvris par la suite, les bois, les vallons et les clairières perdues des terres dépeuplées du comté de King and Queen étaient ce que tout bouilleur de cru clandestin pouvait rêver de mieux en fait de cachette pour distiller l'alcool prohibé, et l'exode à la « Ferme » avait un but qui était loin d'être purement récréatif : chacun des Dabney, quel que fût son âge ou son sexe, avait au moins un petit rôle à jouer dans le fonctionnement de l'alambic, même s'il s'agissait simplement d'égrener le maïs.

Les trois garçons Dabney étaient tous affublés du surnom de Mole, et se distinguaient les uns des autres par une nomenclature logique — Little, Middle et Big Mole ; je ne crois pas avoir jamais su leurs vrais prénoms. C'était avec le benjamin des trois Mole que je jouais aux billes quand Shadrach fit son apparition. Little Mole était un enfant d'une laideur stupéfiante, qui partageait avec ses frères un mélange de traits héréditaires, yeux protubérants, nez en pied de marmite et mâchoire en galoche qui (je le dis avec le recul) auraient parfaitement pu correspondre à la description du faciès criminel selon Cesare Lombroso [1]. Quelque chose de plus remarquable encore — qui expliquait à coup sûr leur sobriquet collectif — était le fait que, hormis les gradations de leurs tailles, ils paraissaient des répliques presque exactes les uns des autres, d'où l'impression qu'ils étaient apparentés moins comme des frères que comme de monotones clones, comme si Big Mole avait reproduit Middle, qui à son tour avait créé Little, mon malodorant camarade de jeu. Aucun des Mole n'avait jamais envie ou n'était jamais sommé de prendre un bain, ce qui expliquait un autre phénomène. Dans l'immense et sinistre école polyvalente que nous fréquentions, on pouvait constater la présence de l'un des trois frères Dabney dans une salle de classe au cercle de pupitres inoccupés isolant chacun des Mole de ses camarades qui, s'écartant furtivement et sans la moindre excuse de l'émanation fétide, laissaient le pauvre Mole abandonné à sa solitude, comme, sur la plaque d'un microscope, quelque spécimen d'une bactérie dont les émanations délétères ont anéanti toute vie dans le cercle qui l'entoure.

Par contraste — absurdité de la génétique ! — les quatre filles Dabney étaient blondes, imprégnées de parfums de pacotille, bien en chair, nanties d'appétissantes croupes épanouies, et au moins deux d'entre elles

1. *Cesare Lombroso* : criminologiste italien (1835-1909), un des fondateurs de la criminologie moderne.

s'étaient retrouvées enceintes et mariées avant la fin de leur croissance. Oh, ces beautés perdues....

Ce jour-là Little Mole visa avec un scintillant calot de calcédoine surréaliste ; des verrues piquetaient ses doigts, dans mes narines son odeur était de la quintessence de Mole. D'une vrille, il catapulta mon agate dans les hautes herbes.

Ce fut alors que se manifesta Shadrach. Je ne sais pourquoi, nous devinâmes sa présence et, levant les yeux, le trouvâmes là. Nous ne l'avions pas entendu approcher ; il était arrivé aussi silencieusement et prodigieusement que s'il eût été déposé par quelque céleste engin piloté par des mains invisibles. Il était d'un noir stupéfiant. Jamais je n'avais vu un Nègre de cette complexion impénétrable : un noir d'une intensité telle qu'il ne reflétait pas la moindre lumière, avec pour conséquence d'oblitérer pratiquement les traits du visage et de se parer d'un mystérieux fond bleu-gris cendré. Juché sur l'aile d'une Pierce-Arrow démantibulée à la carcasse mangée de rouille, il nous contemplait avec un sourire épanoui. Un merveilleux sourire, qui dénudait des gencives d'un mauve livide, deux chicots jaunâtres et une langue humide et mobile. Un long moment il demeura sans rien dire mais, toujours avec le sourire, continua à farfouiller avec délectation dans son entrejambe d'une main déformée et ridée par l'âge : sous la peau noire, les os bougeaient, nettement silhouettés de façon squelettique. Son autre main étreignait fermement une canne.

Ce fut alors que je me sentis retenir mon souffle, stupéfait que j'étais par son âge, qui à coup sûr était insondable. Il paraissait plus vieux que tous les patriarches de la Genèse dont les noms affluaient à mon esprit en une litanie de catéchisme : Lamech, Noé, Énoch et l'impérissable vieux fossile juif, Mathusalem. Little Mole et moi nous approchâmes un peu, et je vis alors que le vieil homme devait être au moins en partie aveugle ; la cataracte voilait ses yeux comme une coiffe laiteuse, les cornées débordaient de mucosités. Pourtant, il n'avait pas totalement perdu la vue. J'en eus l'intuition à la façon dont il suivait notre approche ; outre le doux sourire figé, il y avait des lueurs vacillantes de lucidité. Sa présence demeurait biblique et par là même inquiétante ; je me sentis attiré vers lui par une force quasi religieuse, comme s'il avait été le prophète Élie dépêché pour apporter la vérité, la lumière, le Verbe. Le costume qu'il portait, un deux-pièces de mohair noir tout luisant acheté sur catalogue, était trop ample et tout effiloché, zébré de traînées de poussière ; les manchettes lui retombaient sur les poignets et, de l'un de ses godillots déchirés qui lui montaient à la cheville, saillait, dénudé, un orteil noir. Néanmoins, la présence avait un côté clérical qui me transportait et suscitait ma compassion.

C'était la mi-été. Les arbres eux-mêmes semblaient vaciller comme sur le point de s'embraser ; tout près, un moqueur se mit à chanter, un gazouillement de notes claires. Me frayant un chemin à travers un essaim de grosses mouches vertes occupées à festoyer sur les détritus de toute sorte qui jonchaient la cour des Dabney, je m'approchai du grand-père. De petits ruisseaux de sueur jaillissaient du vénérable visage noir. Enfin je l'entendis parler, d'une voix sénile si faible et confuse qu'il me fallut quelques instants pour comprendre le sens de ses paroles. Mais je compris : « Loué soit le Seigneur. Loué soit son doux nom ! Me v'là dans c'te bonne vieille Virginie ! »

Un de ses doigts osseux, longs et maigres et d'un noir de goudron me fit signe d'approcher ; d'abord effarouché, je constatai que le doigt semblait bouger de façon aguichante, pareil à un petit reptile inoffensif. « Grimpe sur les genoux du vieux Shad », dit-il. Je commençais à comprendre le sens de son élocution poisseuse, me rendant compte qu'en fait il suffisait de suivre certains rythmes intérieurs ; néanmoins, avec sous-jacente la tonalité rauque et gutturale de l'Afrique, c'était un parler nègre, comme jamais je n'en avais entendu de ma vie. « Grimpe donc », m'ordonna-t-il. J'obéis. J'obéis avec amour et empressement ; c'était comme d'escalader la poitrine d'Abraham. Dans le vieux giron affaissé je m'assis tout heureux, jouant du bout des doigts avec une chaîne de cuivre qui serpentait sur le gilet luisant de graisse ; à l'extrémité de la chaîne, se balançait une montre plaquée nickel avec, sur le cadran, les deux pattes noires de Mickey Mouse qui marquaient midi. Gloussant maintenant comme un idiot, blotti contre la poitrine sacerdotale, je humais l'odeur de l'extrême vieillesse — indéfinissable, pas vraiment déplaisante mais confinée, comme celle d'un placard resté longtemps fermé — mêlée à l'odeur d'étoffe jamais lavée et de poussière. À quelques centimètres à peine, la langue tremblotait comme le battant rose dans la gorge noire d'une cloche profonde. « T'es un vrai p'tit chou, dit-il de sa voix chantante. C'est-y que t'es un Dabney ? — Non », répondis-je à regret, et pointai le doigt vers Little Mole. « Ça, c'est un Dabney », dis-je.

« Toi aussi t'es un p'tit chou », dit-il, en conviant d'un signe de son doigt tendu, noir, tremblotant, frétillant, Little Mole à s'approcher. « Oh, t'es un vrai p'tit chou ! » La voix grimpa d'allégresse. Little Mole avait l'air perplexe. Je sentis tout le corps de Shadrach trembler ; à ma stupéfaction, pouvoir contempler un Dabney en chair et en os le bouleversait d'une émotion intense, et comme il se penchait vers l'enfant, je l'entendis de nouveau murmurer : « Loué soit le Seigneur ! Me v'là dans c'te bonne vieille Virginie ! »

Puis, au même instant, Shadrach fut pris d'une crise cataclysmique — une crise qui manifestement était due à la chaleur accablante. Il ne pouvait pas, bien sûr, pâlir, mais quelque chose d'énorme et de vital se désagrégea bel et bien sous la noire éternité de son visage ; la vieille peau ridée de ses joues fléchissait, ses yeux laiteux chaviraient, aveugles, et, poussant un faible gémissement, il bascula en arrière sur la banquette éventrée aux ressorts à nu, les déchirures vomissant du crin de cheval.

« De l'eau ! » l'entendis-je s'écrier d'une voix faible. « *De l'eau !* » Je me laissai glisser en bas de ses genoux, regardai les jambes noires décharnées, pas plus grosses que des troncs de petits sapins, se mettre à trembler et à tressaillir. « De l'eau, par pitié ! » entendis-je la voix implorer, mais Little Mole et moi n'avions pas besoin d'autres exhortations ; nous étions partis — fonçant éperdument vers la cuisine et l'évier puant encombré de vaisselle sale. « L'est en train de mourir, le vieux nègre ! » gémissait Little Mole. Nous dénichâmes un pot à confiture fêlé et, affolés, le remplîmes d'eau du robinet tout en nous interrogeant : Little Mole hasarda l'hypothèse qu'il pouvait s'agir d'un coup de chaleur ; j'émis l'hypothèse d'une crise cardiaque. Nous braillions et jacassions ; nous nous demandions s'il valait mieux que l'eau soit glacée ou à la température du corps. Little Mole ajouta une demi-tasse de sel, puis décida qu'il fallait que l'eau soit chaude. Notre long délai tomba bien, car quelques instants plus tard, tandis que munis de l'affreuse potion nous nous précipitions pour rejoindre Shadrach, nous constatâmes que Mr. Dabney avait surgi du fin fond de la cour et, prenant les choses en main en raison de la situation critique, avait extirpé Shadrach de la banquette de la Pierce-Arrow, puis, le traînant ou le portant, lui avait fait franchir le coin de terre dénudée, l'avait accoté contre un tronc d'arbre, et, planté devant lui muni d'un tuyau d'arrosage, déversait un jet d'eau dans la bouche béante de Shadrach. Le vieillard avalait à pleine gorge. Mr. Dabney, petit et l'air farouchement résolu dans sa salopette ample, se pencha alors au-dessus du patriarche encore terrassé, tira prestement de sa poche un flacon d'une pinte, et versa une giclée de whisky d'une limpidité cristalline dans la gorge de Shadrach. Ce faisant, il marmonnait sur un ton où se mêlaient l'incrédulité et une stupéfaction secrètement amusée : « Ça alors, ça m' la coupe ! Qui es-tu, le vieux ? Qui diable es-tu donc, bon Dieu ? »

Soudain Shadrach fut pris d'une toux étranglée ; puis il entreprit de formuler ce qui ressemblait vaguement à la parole. Mais le seul mot qu'il parvenait presque à articuler était avalé et englouti dans les profondeurs de sa bouche.

« Il dit quoi ? Il a dit quoi ? demanda Mr. Dabney, avec impatience.

— Il a dit que son nom est Shadrach ! » hurlai-je, fier

d'être le seul capable, semblait-il, de comprendre cet obscur dialecte nègre, brouillé en outre par le rythme boiteux de la sénilité.

« Qu'est-ce qu'il veut donc, Paul ? » me demanda Mr. Dabney.

Je rapprochai mon visage de celui de Shadrach, qui, de nouveau, parut satisfait. Dans mon oreille, sa voix était à la fois chuchotante et douce, un gargouillis de béatitude : « Mourir sur la terre des Dabney.

— À ce que j'ai compris, dis-je finalement à Mr. Dabney, il veut mourir sur la terre des Dabney.

— Ça alors, que le diable m'emporte, fit Mr. Dabney.

— Loué soit le Seigneur ! s'écria soudain Shadrach, d'une voix que Mr. Dabney lui-même put comprendre. Me v'là enfin dans c'te bonne vieille Virginie !

— Demande-lui d'où il vient », rugit Mr. Dabney.

De nouveau je me penchai à frôler le visage noir et ridé offert au soleil ardent ; je chuchotai la question et, après un long silence, vint la réponse, dans un balbutiement haché. Et enfin, je dis à Mr. Dabney : « À ce qu'il dit, il vient du comté de Clay, là-bas en l'Alabama.

— *Alabama !* Ça alors, ça m' la coupe ! »

Je sentis que Shadrach tiraillait ma manche et, une fois de plus, je me penchai pour écouter. Des secondes s'écoulèrent avant que je parvienne à déceler vaguement les contours des mots qui luttaient pour prendre sens sur la langue ballottante et ingouvernable. Mais je finis par réussir à capter leurs formes, à les mettre en bon ordre.

« Alors, Paul, qu'a-t-il dit ? fit Mr. Dabney.

— Il dit qu'il veut que ce soit vous qui l'enterriez.

— *Que je l'enterre !* hurla Mr. Dabney. Comment est-ce que je peux l'enterrer ? Il n'est même pas encore mort ! »

De la poitrine de Shadrach montait maintenant un son doux et funèbre qui, tout d'abord empreint d'une inflexion de pure détresse, me surprit par la façon dont soudain il se réduisit à un léger et lointain gloussement ; l'alcool prohibé commençait à faire son effet. Le battant rose de la langue dodelinait dans la caverne de la vieille bouche édentée. Shadrach grimaça un sourire.

« Demande-lui quel âge il a, Paul », me somma-t-on. Je le lui demandai. « Neufneuf », tomba la réponse visqueuse.

« Il dit qu'il a quatre-vingt-dix-neuf ans, annonçai-je, en détournant les yeux de l'abîme sans âge.

— *Quatre-vingt-dix-neuf !* Ma foi, que le diable m'emporte ! »

Ce fut alors que d'autres Dabney commencèrent à arriver, dont leur mère, Trixie, et les deux plus grands Mole, en compagnie de l'une des deux aînées adolescentes, grosse comme une baleine, mais d'une attendrissante beauté, tandis qu'elle flottait à l'apogée de sa grossesse, flanquée de son époux lui aussi adolescent, un lourdaud criblé d'acné. Il y eut aussi un déferlement de voisins murmurants — ouvriers des chantiers navals au teint rubicond de soleil et affublés de chemisettes bon marché, un quatuor de ménagères efflanquées vêtues de robes informes, une galopade de gosses aux cheveux filasse, des croissants de sueur bleuâtres soulignant leurs aisselles. Dans mon souvenir, ils forment un tableau pitoyable de ces années difficiles. Ils baragouinaient et gloussaient, émerveillés à la vue de Shadrach, qui, immobilisé par l'alcool, la chaleur, la faiblesse, l'infirmité et ses quatre-vingt-dix-neuf printemps, rayonnait et offrait ses yeux chassieux au soleil. « Loué soit le Seigneur ! » chevrotait-il.

Avec effort nous le remîmes debout et soutînmes la vieille carcasse frêle, légère comme une plume, tandis que, claudiquant sur la pointe des pieds, il gagnait en sautillant la maison où nous l'installâmes dans une balancelle aux ressorts affaissés qui gisait sur la véranda de derrière au milieu d'effluves de pisse de chien, de fumée de tabac et de moisi. « T'as faim, Shad ? beugla Mr. Dabney. Maman, trouve quelque chose à manger pour Shadrach ! » Effondré dans la balancelle, le vénérable visiteur s'empiffrait comme un être sous-alimenté secouru à l'article de la mort : il dévora trois cantaloups, avala goulûment plusieurs bolées de Rice Krispies et, malgré ses gencives édentées, ingurgita une poêlée de galettes de maïs chaudes barbouillées de saindoux. Nous le regardions faire en silence, émerveillés. Devant nos yeux solennellement attentifs, il se laissa de nouveau glisser doucement, prudemment, sur les oreillers malodorants et, avec un léger soupir, sombra dans le sommeil.

Peu de temps après — au cours des dernières heures de l'après-midi au déclin, quand Shadrach se réveilla, et ensuite plus avant au cours de la soirée — le mystère de l'apparition du vieillard se dissipa peu à peu. L'une des filles Dabney était une créature de douze ans au visage de nymphe prénommée Edmonia ; sa fragile beauté (surtout par comparaison avec ses frères moins favorisés) et aussi ses seins et sa croupe précocement épanouis avaient fait naître en moi — tout jeune que j'étais — un prurit troublant et inassouvi. J'étais impressionné par l'aisance et la nonchalance qu'elle mettait à essuyer la bave sur les lèvres de Shadrach. Tout comme moi, elle avait un don inné de l'interprétation et, en plusieurs heures, grâce à nos efforts conjugués, nous parvînmes à reconstituer une explication concernant le vieillard — son identité et son étrange, son inéluctable arrivée.

Il resta sur la balancelle ; nous glissâmes un autre oreiller sous sa tête. À force d'apaiser son appétit féroce avec des tablettes de chocolat Hershey et, plus tard, des gorgées de la bouteille de Mr. Dabney, nous réussîmes à arracher à ses lèvres vénérables une biographie fragmentée, abrégée, mais raisonnablement cohérente. Au bout d'un moment cela prit une tournure angoissante car, comme le fit remarquer un des adultes, le vieux Shad paraissait en proie à la fièvre ; ses yeux à demi aveugles se noyaient de temps en temps, et les caillots de mucosités qui bloquaient sa gorge rendaient plus difficile encore de comprendre ce qu'il disait. Mais, je ne sais comment, nous finîmes par deviner la vérité. D'une certaine expression, inlassablement répétée, je me souviens tout particulièrement. « J'suis un Dabney. » Et de fait ces mots fournirent la clef de son histoire.

Né esclave sur la plantation Dabney dans le comté de King and Queen, il avait été vendu et emmené en Alabama au cours des décennies qui avaient précédé la guerre de Sécession. La mémoire de Shadrach était infidèle en ce qui concernait la date de la vente. Une fois il nous dit « cinquante », voulant dire 1850, et une autre « cinquante-cinq », mais c'était là un point sans guère d'importance ; il avait sans doute, approximativement, entre quinze et vingt-cinq ans quand son maître — l'arrière-grand-père de Vernon Dabney — s'était débarrassé de lui, en le vendant à l'un des nombreux marchands d'esclaves qui écumaient le sol épuisé de la Virginie en cette époque lointaine et éprouvée et, comme dans la confession qu'il nous avait faite, tout embrouillée qu'elle fût, il avait employé le mot « convoi » (un mot qui dépassait le savoir de mes dix ans, mais un mot dont par la suite je compris le sens), il avait sans doute parcouru à pied ces six cents milles pour arriver en Alabama, et ce, en compagnie de Dieu sait combien d'autres esclaves noirs enchaînés les uns aux autres.

Ainsi donc maintenant pour Shadrach, comme peu à peu nous en vînmes à le découvrir, c'était le voyage de retour pour rentrer chez lui, dans c'te bonne vieille Virginie — environ trois quarts de siècle après avoir quitté la terre d'où il avait jailli, qui l'avait nourri et où il avait vécu ses années de bonheur. De bonheur ? Qui sait ? Mais nous devions supposer que pour lui elles avaient été des années de bonheur — sinon, pourquoi à la fin de sa vie cet incroyable pèlerinage ? Comme il l'avait précédemment proclamé avec une ferveur si brusque, il ne voulait qu'une chose, mourir et être inhumé sur « la terre des Dabney ».

Nous apprîmes qu'après la guerre il était devenu métayer, qu'il s'était marié trois fois et avait eu beaucoup d'enfants (douze, nous dit-il d'abord, puis quinze ; peu importe, ils étaient légion) ; il avait survécu à tous, épouses et progéniture. Même les petits-enfants avaient été emportés les uns après les autres, ou ils avaient disparu d'une façon ou d'une autre. « On m'a dépouillé de tout », c'était là une autre déclaration qui me revient encore mot pour mot. Ainsi dépouillé et (comme il le déclara avec entrain à tous ceux qui se pressaient autour de lui pour écouter) pressentant dans ses os et sa chair flétrie l'approche de la mort, il avait quitté l'Alabama à pied — tout comme il y était venu — pour retrouver la Virginie de sa jeunesse.

Six cents milles ! Le voyage, à ce que nous parvînmes à comprendre, avait duré plus de trois mois, car, à l'en croire, il avait quitté le comté de Clay au début du printemps. Il avait fait presque tout le trajet à pied, quand bien même, de temps à autre, il lui était arrivé de se laisser prendre en voiture — presque toujours, on peut en être sûr, par l'un des rares Nègres qui en ce temps-là possédaient une voiture dans le Sud profond. Il avait mis quelques dollars de côté, ce qui lui permettait de satisfaire son estomac. Il dormait sur les talus de la route ou dans les granges ; il arrivait parfois qu'une famille noire accueillante lui offrît un abri. Le périple lui fit traverser la Georgie, les Carolines et enfin la Virginie du Sud. Son itinéraire lui aussi prête à conjectures. Incapable qu'il était de lire ni panneaux de signalisation ni cartes, il suivait manifestement son flair axé sur le nord, une méthode tout à fait imparfaite pour trouver sa route (avoua-t-il à Edmonia avec un gloussement étouffé), car il lui arriva de s'égarer au point de se retrouver non seulement à des milles de la bonne grand-route, mais dans une ville et un État aux antipodes de son itinéraire —

Chattanooga, dans le Tennessee. Mais il rebroussa chemin et, décrivant un cercle, reprit sa route. Comment, une fois arrivé en Virginie, la Virginie grouillante de Dabney, avait-il découvert le seul Dabney qui importait, l'unique Dabney qui non seulement était le propriétaire du lieu où il était né, mais aussi celui sur lequel il comptait indubitablement pour veiller sur son trépas de plus en plus imminent et lui permettre de reposer en paix dans la terre de leurs mutuels ancêtres ? Comment avait-il pu trouver *Vernon Dabney* ? Mr. Dabney n'était nullement mesquin ni dénué de générosité (en dépit de son caractère emporté), néanmoins c'était un être accablé par de multiples malheurs en cette sombre et misérable année 1935, à court non seulement de dollars mais de dimes et de quarters [1], écrasé sous une épouse éléphantesque et ivrogne, en même temps que sous trois fils, en général plutôt fainéants, et deux filles enceintes, plus deux autres sûres de l'être un jour, et condamné à vivre sous la menace constante de voir les indirects s'abattre un jour sur lui pour tarir ses moyens d'existence et, peut-être, l'expédier au pénitencier d'Atlanta pour cinq ou six ans. Il n'avait déjà que trop de soucis et de fardeaux, et voilà que, par cette chaude nuit d'été vibrante du cri strident des cigales, je vis qu'il contemplait le vieux visage parcheminé à l'agonie avec une expression où se mêlaient la pitié, la stupéfaction, une fureur contenue et le désespoir, puis se murmurait à lui-même : « Il veut mourir sur la terre des Dabney ! Ça alors, ça m' la coupe ! Vrai, ça m' la coupe ! » Manifestement il se demandait comment, parmi la horde

1. *Dime* : pièce de dix cents, *quarter* : pièce de vingt-cinq cents.

de sa parenté de Virginie, Shadrach avait bien pu le trouver *lui*, car il s'accroupit sur les talons et murmura : « Shad ! Shad, comment se fait-il que tu savais qui chercher ? » Mais, emporté par sa fièvre, Shadrach s'était laissé glisser dans le sommeil et, pour autant que je sache, la question demeura toujours sans réponse.

Le lendemain, il était évident que Shadrach filait un mauvais coton. Pendant la nuit, il était, on ne sait comment, tombé de la balancelle, et aux petites heures du matin on l'avait découvert gisant sur le sol et perdant son sang. On pansa ses blessures. La plaie au ras de l'oreille était superficielle, s'avéra-t-il, mais elle ne l'avait pas arrangé ; et quand on le réinstalla sur la balancelle, on eût dit qu'il n'avait plus tous ses esprits et était au bord du délire, tiraillant sa chemise, murmurant, et roulant ses doux yeux opaques comme pour contempler le plafond. Chaque fois que maintenant il parlait, ses paroles outrepassaient ce qu'Edmonia et moi étions capables de comprendre, un faible baragouin strident noyé dans un dialecte confus. On aurait dit qu'il ne reconnaissait personne. Trixie, penchée sur le vieil homme tout en sirotant sa première Pabst Blue Ribbon [1] de la matinée, déclara fermement qu'il n'y avait pas de temps à perdre. « Shoog, dit-elle à Mr. Dabney, utilisant son petit nom d'amitié coutumier (diminutif de Sugar), tu ferais mieux de sortir la voiture si on doit rentrer à la Ferme. À mon avis il ne va pas tenir le coup très longtemps. » Ainsi, gratifié de l'inhabituelle permission parentale d'être du

1. *Pabst Blue Ribbon* : marque de bière.

voyage, je me faufilai sur la banquette arrière de la Model T, avec le privilège d'avoir sur mes genoux un énorme sac en papier graisseux rempli de poulet frit préparé par Trixie en prévision du déjeuner à la Ferme.

Tous les Dabney ne furent pas du voyage — les deux filles aînées et le plus gros des Mole furent laissés en arrière — mais nous formions néanmoins une petite troupe. Nous les enfants, inondés de sueur et juchés sur les genoux les uns des autres, étions entassés peau contre peau sur la banquette arrière, où se retrouvait en miniature le désordre de la maison dans ce nouveau fouillis de détritus, bouteilles vides de RC Cola et de Nehi, illustrés, écorces de pastèques, peaux de bananes, poignées de crics noires de cambouis, engrenages de toute taille souillés de graisse et paquets de vieux Kleenex. Sur le plancher et sous mes pieds, je distinguai même (à ma profonde gêne, car je venais tout juste d'apprendre à identifier ce genre de chose) un préservatif usagé, jaunâtre et fripé, laissé là par hasard, j'en étais certain, par l'un des petits amis des deux aînées qui était parvenu à emprunter la guimbarde pour ses ébats charnels. C'était une radieuse journée d'été, d'une chaleur torride tout comme la précédente, mais toutes les vitres de la voiture étant hors d'usage nous étions agréablement ventilés. Shadrach était assis au centre de la banquette avant. Tassé sur le volant, Mr. Dabney mâchouillait une chique et, l'air lugubre, se concentrait sur la conduite; il s'était mis en maillot de corps, et il me semblait presque distinguer la colère et la frustration dans les muscles noués qui saillaient sur son cou. Il accablait de jurons marmonnés le levier de vitesse rétif, mais, cela mis à part, ne disait pas grand-chose, absorbé par l'angoisse de sa responsabilité. Si volumineuse que la chair de ses épaules retombait en une cascade tavelée par-dessus le dossier de son siège, Trixie trônait de l'autre côté de Shadrach ; d'une certaine façon sa corpulence semblait à la fois envelopper et soutenir le vieillard, qui, somnolent, dodelinait du chef. La couronne de cheveux qui ceignait la tête d'un noir luisant était, me semblait-il, pareille à une fragile auréole de gelée ou d'écume d'une extrême pureté. Chose étrange, pour la première fois depuis l'arrivée de Shadrach, j'éprouvais un chagrin lancinant et, le cœur gros, souhaitais qu'il ne meure pas.

« Shoog, dit Trixie, accotée au bastingage du petit bac trapu qui franchissait la York, ces gros oiseaux là-bas derrière le bateau, c'est quoi à ton avis ? » La Model T avait été la première voiture à embarquer, et nous nous étions tous empressés de descendre pour contempler le fleuve, laissant Shadrach poursuivre son somme à l'intérieur pendant les quinze minutes que durait la traversée. L'eau était bleue, étincelante de vaguelettes coiffées de moutons blancs, superbe. Un énorme remorqueur gris de la Marine, barbouillé d'inscriptions blanches, se traînait poussivement vers le dépôt de mines de Yorktown, avec dans son sillage des tourbillons de détritus et un vol de mouettes qui piquaient avec frénésie. Le chenal paisible renvoyait les échos de leurs piaillements perçants.

« Des mouettes, fit Mr. Dabney. T'as donc jamais encore été fichue de reconnaître une mouette ? Une question pareille, j'en crois pas mes oreilles. Les mouettes. Stupides et voraces, les salopes.

— Superbes créatures, répliqua-t-elle d'une voix

douce, si grosses, si blanches. Est-ce que ça peut se manger ?

— Tellement coriaces, tu serais sûre de t'étrangler. »

Nous étions parvenus au milieu du fleuve quand Edmonia alla prendre une ginger ale dans la voiture. À son retour elle dit d'une voix hésitante : « Maman, c'est affreux, Shadrach a chié dans son pantalon.

— Mon Dieu », s'exclama Trixie.

Mr. Dabney agrippa le bastingage et leva au ciel son petit visage pincé et tourmenté. « Dire qu'il a quatre-vingt-dix-neuf ans ! Dieu tout-puissant ! Ce n'est rien d'autre qu'un *bébé* de quatre-vingt-dix-neuf ans !

— C'est vrai, l'odeur est abominable, dit Edmonia.

— Mon Dieu, pourquoi diable n'est-il pas allé aux toilettes avant qu'on parte ? s'exclama Mr. Dabney. Comme si c'était déjà pas assez moche d'avoir trois heures de route pour arriver à la Ferme sans...

— *Tais-toi !* le coupa Trixie, en s'approchant à pas lourds de la voiture. Le pauvre vieux, il ne peut pas se retenir. Vernon, tu verras comment tu contrôleras tes boyaux d'ici cinquante ans. »

Une fois descendus du bac, nous, les enfants, commençâmes à ricaner et à nous tortiller sur la banquette arrière, en nous pinçant le nez de façon significative et en chahutant au milieu des détritus graisseux qui jonchaient le plancher. L'odeur *était* abominable. Mais dix milles plus loin, en arrivant au hameau de Gloucester Court House assoupi parmi la brique et le lierre du XVIIIe siècle, Trixie détendit la situation en enjoignant Mr. Dabney de s'arrêter à une station-service Amoco. Shadrach avait partiellement émergé de sa torpeur somnolente. Mal à l'aise dans ses déjections, il s'agitait impatiemment et il se mit à émettre des petits grognements, si doux et contenus que c'est à peine s'ils exprimaient ce qui ne pouvait qu'être sa réelle, son affreuse détresse. « Allons, allons, Shad, fit doucement Trixie, Trixie va s'occuper de toi. » Et c'est ce qu'elle fit, mi-cajolant, mi-hissant le vieillard pour l'extirper de la voiture et le mettre sur pied, puis avec l'aide de Mr. Dabney propulsant sa maigre charpente d'épouvantail en une danse hésitante sur la pointe des pieds jusqu'aux toilettes signalées par les mots « Réservé aux gens de couleur » où dans un bruit étouffé d'eau courante elle se livra avec circonspection aux gestes rituels pour le nettoyer et le changer. Sur quoi ils le ramenèrent à la voiture. Pour la première fois ce matin-là, Shadrach paraissait avoir vraiment émergé de l'hébétude dans laquelle il avait si rapidement sombré des heures auparavant. « Loué soit le Seigneur ! » l'entendîmes-nous dire, d'une voix faible, mais avec courage, tandis que les deux parents Dabney manœuvraient pour lui faire réintégrer la banquette, purifié. Il regardait autour de lui avec des lueurs de lucidité, accueillant par des gloussements étouffés nos petits tapotements de sympathie. Même Mr. Dabney paraissait soudain de bonne humeur. « Alors, Shad, tu commences à te sentir mieux maintenant ? » hurla-t-il par-dessus le vacarme et les cliquetis du moteur. Shadrach eut un hochement de tête et grimaça un sourire, mais demeura silencieux. Une atmosphère de joie et de renouveau régnait dans la voiture. « Ralentis, Shoog, murmura Trixie d'une voix indolente, en lampant une bière, on pourrait tomber sur un flic de la route. » J'étais transporté d'allégresse, et un regain d'espoir tiraillait mon cœur tandis que défilait le paysage en pleine floraison, verdoyant avec la luxuriance de l'été et chargé d'une odeur de foin et de chèvrefeuille.

Le refuge de campagne des Dabney, je l'ai dit, était délabré et rudimentaire, une véritable déchéance par rapport à sa majesté d'antan. Là où s'élevait jadis une maison de plantation à la grandeur requise par le genre, dans le territoire du Tidewater alors à son apogée, était maintenant perchée une demeure infiniment plus noble qu'une cabane, bien que modeste à tous égards. Massive, la peinture de ses murs écaillée, soutenue par des blocs de béton brut et coiffée d'un toit de tôle luisant, c'eût été une horreur presque partout sauf dans le comté de King and Queen, un bailliage si lointain et dépeuplé qu'il était extrêmement rare que des yeux humains contemplent la maison. Derrière, un cabinet d'aisances tout de guingois donnait une touche familière; ici aussi la cour était jonchée de ferraille. Mais les harmonieux arpents verdoyants qui entouraient la propriété étaient élyséens; les vieux champs et les bois sauvages envahis de gommiers, de chênes et d'églantiers étaient retournés à la gloire sylvestre de l'époque de Pocahontas et de Powhatan. Des vignes envahissaient les fourrés vert émeraude qui de tous les côtés entouraient la maison, une délicieuse odeur vineuse de cèdre embaumait l'air et, la nuit, la forêt répercutait le cri des engoulevents. La maison elle-même était d'une propreté relative, due non pas à quelque effort des Dabney, mais au fait qu'elle demeurait inoccupée la majeure partie de l'année.

Ce jour-là, après un repas de poulet frit, nous installâmes Shadrach sur un lit garni de draps propres dans une des chambres chichement meublées, puis chacun en revint à ses divertissements respectifs. Little Mole et moi jouâmes tout l'après-midi aux billes à deux pas de la maison, en cherchant l'ombre d'un vieux hêtre majestueux ; après nous être vautrés une heure dans la poussière, nos visages étaient zébrés de traînées sales. Plus tard nous piquâmes une tête dans le bief du moulin, ce qui, entre autres choses, purgea Little Mole de son O.C. Les autres enfants allèrent essayer d'attraper des perches et des brèmes dans le ruisseau saumâtre qui courait dans les bois. Mr. Dabney fit un saut jusqu'à l'épicerie du carrefour pour faire quelques provisions puis disparut dans les broussailles pour bricoler son alambic bien caché. Entre-temps, Trixie arpentait d'un pas lourd la cuisine et s'envoyait une demi-douzaine de Blue Ribbons, s'arrêtant parfois pour aller voir ce que faisait Shadrach. Little Mole et moi allions jeter un coup d'œil nous aussi, de temps à autre. Shadrach était plongé dans un sommeil profond et semblait reposer en paix, quand bien même de temps en temps son souffle fusait en un halètement saccadé et ses longs doigts noirs tiraillaient convulsivement l'ourlet du drap qui, tel un linceul blanc, le couvrait jusqu'à la poitrine. Puis l'après-midi toucha à sa fin. Après un dîner de perches et de brèmes frites, tout le monde alla se mettre au lit au soleil couchant. Little Mole et moi étions vautrés tout nus sur le même matelas dans la chaleur étouffante, séparés par une cloison mince comme du papier de la respiration de Shadrach, qui enflait et décroissait dans mes oreilles avec en fond sonore les autres bruits nocturnes de ce lieu perdu et hanté par le temps : sauterelles, grillons, hiboux et, rassurant, le cri strident — tantôt lointain, tantôt presque inaudible — d'un engoulevent.

Le lendemain en fin de matinée, le shérif du comté passa voir Mr. Dabney. Nous n'étions pas à la maison quand il arriva, aussi fut-il contraint de nous attendre; nous étions au cimetière. Shadrach dormait encore, les enfants se relayant pour veiller sur lui. Notre garde terminée, Little Mole et moi avions passé une heure à explorer les bois et à nous balancer sur les vignes sauvages et, comme nous émergions d'un bosquet de pins situé à environ un quart de mille derrière la maison, nous tombâmes sur Mr. Dabney et Trixie. Ils fourrageaient dans un lopin de terre envahi de ronces, qui n'était autre que le vieux cimetière de la famille Dabney. Un lieu paisible, ensoleillé, où des sauterelles bondissaient dans l'herbe haute. Étouffé par les ronces, les orties et les herbes folles, jonché de pierres tombales effondrées, dépourvu de clôture et négligé depuis des décennies, il avait été abandonné aux empiétements d'innombrables étés semblables à celui-ci, quand le granit et le marbre eux-mêmes étaient contraints de céder à l'étreinte des racines sauvages et des voraces rejets verts.

Tous les lointains ancêtres de Mr. Dabney étaient enterrés là, en compagnie de leurs esclaves, qui dormaient de leur dernier sommeil dans un lopin ménagé plusieurs mètres à l'écart — inséparables de leurs maîtres et maîtresses, mais strictement séparés dans la mort comme dans la vie. Planté au milieu des tombes des esclaves, Mr. Dabney contemplait d'un air lugubre l'enchevêtrement de la végétation et les petites pierres tombales en ruine qui jonchaient le sol. Il était muni d'une pelle mais n'avait pas commencé à creuser. Je scrutai les pierres tombales, lus les prénoms qui, en raison de leur absence de patronymes, étaient aussi prosaïques que des noms d'épagneuls ou de chats : *Fauntleroy, Wakefield, Sweet Betty, Mary, Jupiter, Lulu. Requiescat in Pace. Anno domini 1790... 1814... 1831.* Tous des Dabney, songeai-je, comme Shadrach.

« Que le diable m'emporte si je crois qu'il reste un seul mètre carré de sol disponible », fit-il remarquer à Trixie, et il cracha une giclée brun-roux de jus de tabac dans les mauvaises herbes. « Ils ont tout bonnement fourré dans ce lopin autant de vieux Nègres et de vieilles nourrices qu'ils ont pu. Je parierais qu'ils sont à touche-touche là-dessous. » Il se tut et émit son habituel signal d'angoisse — un grognement étouffé pareil à une note funèbre. « Dieu tout-puissant ! L'idée de devoir creuser une bonne demi-tonne de terre me fait horreur !

— Shoog, pourquoi t'attends pas ce soir pour creuser ? » demanda Trixie. Elle essayait de s'éventer avec un mouchoir trempé, et son visage — qu'il m'avait déjà été donné de contempler en proie à cet état d'intense malaise estival — avait la coloration bleuâtre délavée du lait écrémé. D'ordinaire cela présageait un évanouissement. « Ce soleil tuerait une mule. »

Mr. Dabney opina, ajoutant qu'il avait très envie d'un verre de thé glacé, et nous rebroussâmes chemin pour regagner la maison par un petit sentier de terre battue qui serpentait à travers un pré où chatoyaient des verges d'or. Puis, comme nous approchions de l'arrière de la maison, nous vîmes que le shérif nous attendait. Il se tenait près de sa berline Plymouth, un pied posé sur le marchepied ;

perchée sur le pare-chocs avant, trônait une grosse sirène ronde plutôt intimidante (on disait *siriine* en ce temps-là). C'était un homme ventripotent entre deux âges, au visage boucané par le soleil et fissuré de fines rides, qui portait des lunettes à monture d'acier. Une étoile en plaqué or était épinglée sur sa chemise de civil, qui était trempée de sueur. Il paraissait cordial, nous gratifia d'un salut sans cérémonie et dit : « Salut, Trixie. Salut, Vern.

— Salut, Tazewell », répondit Mr. Dabney d'une voix solennelle, bien qu'avec un soupçon de méfiance. Et sans s'arrêter, il continua péniblement à se traîner vers la maison. « Un peu de thé glacé, ça vous dit ?

— Non, merci, fit-il. Vern, attendez un instant. J'aimerais vous dire un mot. »

J'en savais assez pour redouter vaguement quelque complication en rapport avec l'alambic dissimulé dans les bois, et je retins mon souffle; mais ce fut alors que Mr. Dabney s'arrêta, se retourna et dit d'un ton posé : « Qu'est-ce qui ne va pas ?

— Vern, dit le shérif, le bruit court que vous avez l'intention d'enterrer un vieux Noir ici, sur vos terres. Là-bas à l'épicerie, Joe Thornton prétend que vous le lui avez dit hier. Est-ce vrai ? »

Mr. Dabney mit ses mains sur ses hanches et gratifia le shérif d'un regard furibond. Puis il dit : « Quelle incurable grande gueule, ce foutu Joe Thornton. Mais c'est vrai. Y a pas de mal à ça, non ?

— Vous ne pouvez pas », dit le shérif.

Suivit un instant de silence. « Pourquoi pas ? fit Mr. Dabney.

— Parce que c'est contraire à la loi. »

Il m'était déjà arrivé dans le passé de voir la fureur s'emparer de Mr. Dabney, surtout quand il s'agissait de la loi. Une veine se mettait toujours à palpiter près de sa tempe, en même temps que s'empourpraient ses joues et son front ; cela se produisit alors, la petite veine se mit à se tortiller et frétiller comme un ver. « Que voulez-vous dire, c'est contraire à la loi ?

— Tout simplement ça. Il est contraire à la loi d'enterrer quelqu'un dans une propriété privée.

— *Pourquoi* est-ce contraire à la loi ? le somma Mr. Dabney.

— *Je ne sais pas* pourquoi, Vern, dit le shérif, avec une pointe d'exaspération. *C'est* ainsi, voilà tout. »

Mr. Dabney se mit à brandir le bras — de haut en bas d'un geste raide, inflexible, implacable ; un vrai sémaphore de chemin de fer.

« Là-dessous dans ce champ, Tazewell, on a enterré des gens pendant près de deux cents ans. J'ai un vieillard sénile sur les bras. Il a été esclave autrefois et il est né sur cette terre. Maintenant il est en train de mourir et il faut que je l'enterre ici. Et c'est ce que je vais faire.

— Vern, laissez-moi vous dire une chose, reprit le shérif, en se contraignant à la patience. On ne vous permettra pas de faire une chose pareille, aussi, je vous en prie, épargnez-moi cette discussion. Il faudra qu'il soit enterré dans un endroit où la loi le permet, par exemple le cimetière de l'une des églises noires de la région, et il faudra que ce soit en présence d'un entrepreneur de pompes funèbres dûment patenté par la loi. Voilà la *loi*, État de Virginie, et tous les quoi, pourquoi ou pourquoi ça n'y changent rien. »

Avant même que Mr. Dabney explose, Trixie commença à pressentir sa fureur et son amertume. « Shoog, garde ton calme...

— *Bordel de merde puante!* C'est *monstrueux*! rugit-il. Depuis quand un contribuable est-il tenu de s'adresser au gouvernement pour être autorisé à inhumer un vieux Noir inoffensif et malade dans sa propriété! À ma connaissance c'est contraire à tous les droits constitutionnels...

— Shoog! coupa Trixie. *Je t'en prie...* » Elle se mit à gémir.

Le shérif tendit deux mains conciliantes et, forçant la voix, ordonna : « *Du calme!* » Puis, comme Mr. Dabney et Trixie gardaient le silence, il poursuivit : « Vern, il y a longtemps qu'on se connaît vous et moi, aussi, je vous en prie, ne me compliquez pas les choses. Je vais vous le dire une dernière fois, ceci. À savoir, vous êtes *obligé* de faire en sorte que ce vieil homme soit inhumé dans le cimetière d'une des églises noires de la région, et il vous faudra également faire en sorte qu'il soit inhumé par un entrepreneur des pompes funèbres dûment patenté. Vous avez le choix. Il y a un Noir, un entrepreneur de pompes funèbres de bonne réputation à Tappahannock et aussi, paraît-il, un autre dans le Middlesex, pas loin d'Urbanna ou de Saluda. Si vous voulez, je leur passerai un coup de fil du tribunal. »

Je contemplais la scène tandis que, sur le visage empourpré de Mr. Dabney, la fureur faisait place à une nuance plus pâle, plus calme, une nuance de résignation. Après un long silence pensif, il dit : « Bon d'accord. *D'accord!* Ça coûtera combien, à votre avis?

— Je ne saurais dire exactement, Vern, mais il y avait

une vieille laveuse qui s'occupait de mon linge, Ruby, elle est morte il n'y a pas longtemps, à ce qu'on m'a dit, on l'a enterrée pour trente-cinq dollars.

— *Trente-cinq dollars!* entendis-je Mr. Dabney haleter. Seigneur, pitié! »

Peut-être fut-ce seulement sa fureur qui le poussa à s'enfuir, mais, tout l'après-midi, Mr Dabney demeura absent et nous ne le revîmes pas avant le soir Entretemps, Shadrach émergea quelques instants de son sommeil profond, nous causant une telle surprise que nous nous imaginâmes qu'il allait peut-être reprendre complètement connaissance. Trixie écossait des petits pois et sirotait une bière tout en nous regardant, Little Mole et moi, absorbés par notre partie de billes. Soudain Edmonia, qui avait été chargée de veiller sur Shadrach pendant une heure, sortit en courant de la maison. « Venez, venez tous, et vite! fit-elle hors d'haleine. Shadrach est tout à fait réveillé et il parle! » C'était vrai : nous précipitant à son chevet, nous constatâmes qu'il avait réussi à se redresser dans son lit et que, pour la première fois depuis bien des heures, son visage était empreint d'une expression alerte et lucide, comme si, au moins partiellement, il avait conscience de ce qui l'entourait. Il avait même retrouvé son appétit. Edmonia lui avait glissé une pâquerette dans la boutonnière de sa chemise et, à un certain moment lors de sa stupéfiante résurrection, disait-elle, il en avait mangé un bout.

« Dommage que vous ne l'ayez pas entendu, fit Edmonia, en se penchant au-dessus du lit. Il ne parlait que d'une chose, aller au bief du moulin. D'après vous, qu'est-ce qu'il voulait dire?

— Ma foi, peut-être a-t-il tout bonnement envie d'aller voir le bief», répondit Trixie. Elle était passée prendre pour Shadrach une bouteille de RC Cola dans la cuisine et maintenant, assise près de lui, elle l'aidait à boire au moyen d'une paille en papier. « Shad, lui demanda-t-elle d'une voix douce, c'est bien ça que tu veux ? Tu as envie d'aller voir le bief du moulin ? »

Une expression d'expectative et de plaisir se peignit sur le visage noir et noya les vieux yeux chassieux. Sa voix etait aigue, mais ferme quand, tournant la tête vers Trixie, il dit : « Oui, m'am, je l'veux. J'veux voir l'bief du moulin

— Tu as envie de voir le bief du moulin, mais pourquoi donc ? » s'enquit Trixie d'une voix douce.

Shadrach n'offrit pas la moindre explication et se borna à répéter : « J'veux voir l'bief du moulin. »

Ainsi donc, en considération d'un souhait dont nous étions incapables de sonder la raison mais que nous ne pouvions manquer d'honorer, nous emmenâmes Shadrach voir le bief du moulin. Il se trouvait dans les bois, plusieurs centaines de mètres à l'est de la maison — un étang sans âge rempli d'une eau trouble et fermé par un barrage, bordé d'un côté par une clairière tapissée de mousse et de fougères d'un vert spectaculaire, et entouré sur tous les autres de chênes et de hêtres imposants. Alimentée par des sources et par le même ruisseau d'eau vive où les autres enfants étaient allés pêcher, l'eau reflétait les arbres qui la surplombaient et le ciel mouvant, et y nager était une épreuve très agréable, mais néanmoins une épreuve, car elle avait ce froid glacial qui pénètre le corps jusqu'à la moelle. Un long moment, nous ne parvînmes pas à imaginer comment faire pour transporter

Shadrach jusque là-bas ; manifestement il était impossible de le laisser tenter de claudiquer sur une telle distance, propulsé, avec notre aide maladroite, sur ses jambes quasiment dénuées de force et handicapées par leur démarche flageolante. Finalement, quelqu'un eut l'idée de la brouette, que Mr. Dabney utilisait pour véhiculer le maïs jusqu'à l'alambic. On la sortit de l'appentis et nous la transformames promptement en une sorte de civiere pourvue de roues, nullement disgracieuse et relativement confortable, en la bourrant de foin et la coiffant d'une couverture.

Sur ce monticule Shadrach reposait paisiblement, l'air placide, tandis qu'au rythme d'un doux balancement, nous l'entraînions le long du sentier. Je l'observais tandis que nous avancions : dans mon souvenir, il m'évoque encore un potentat africain à demi aveugle mais maître de lui et serein, emporté dans la plénitude de ses longues années vers quelque inévitable récompense ardemment désirée.

Nous arrêtâmes la brouette sur la banquette moussue, et là, longtemps, Shadrach contempla le bief du moulin, grouillant du ballet des insectes aquatiques et frémissant sous une brume de soleil cuivrée où de petites libellules piquaient dans une iridescence vaporeuse et fébrile. Posté près de la brouette, d'où les tibias décharnés de Shadrach saillaient comme de frêles roseaux noirs, je tournai la tête et scrutai le visage vénérable, essayant de comprendre ce qui pouvait, dans ce qu'il contemplait maintenant, susciter une pareille expression de nostalgie et de paix. Ses yeux se mirent alors à suivre les petits Dabney, qui, en caleçon, avaient plongé dans l'eau de l'étang. Cela semblait être une réponse et, illuminé par une brusque lueur, j'eus la certitude que jadis Shadrach avait lui aussi nagé ici, lors de quelque inconcevable mois d'août près d'un siècle auparavant.

Comment aurais-je pu savoir si son long voyage solitaire depuis le Sud profond avait été une quête pour trouver ce bief de moulin et avoir une vision fugitive de son enfance, il aurait tout aussi bien pu être un ultime rejet d'une vie de souffrance. Maintenant encore je ne saurais le dire avec certitude, mais sans doute ai-je toujours dû supposer que le Shadrach encore jeune affranchi en Alabama tant d'années auparavant avait été plongé, comme la plupart de ses frères et de ses sœurs de race, dans un autre esclavage plus atroce peut-être que le servage sanctionné par l'usage. Un millier de fois déjà a été contée la chronique de ces êtres libérés pour se voir livrés à leur nouvel et incompréhensible cauchemar : le cauchemar de leur pauvreté, de leur faim, de leur humiliation, des croix flambant dans la nuit, du massacre aveugle, et, par-dessus tout, de l'interminable peur. Cette démence et cette mutilation n'ont en rien leur place dans ce récit, mais sans (au moins) une évocation de ces choses, je ne saurais être fidèle à Shadrach. Malgré l'immense allégresse avec laquelle il nous avait dit avoir été « dépouillé de tout », il ne pouvait qu'avoir enduré des épreuves indicibles. Pourtant son retour en Virginie, je le comprends maintenant, n'était pas motivé par une nostalgie du servage révolu, mais par le désir de retrouver une innocence antérieure. Et moi, petit garçon sur la berge du bief du moulin, je vis Shadrach non comme un être qui avait fui les ténèbres, mais comme quelqu'un qui s'était mis en quête de la lumière réfractée dans l'embrasement fugace d'un souvenir d'enfance. Tandis que les vieux yeux voilés de Shadrach contemplaient le bief où plongeaient et s'interpellaient les enfants, son visage baignait dans un calme et une douceur incommensurables, et j'eus l'intuition qu'il avait peut-être retrouvé le seul moment d'innocence et de paix de sa vie. « Shad, es-tu venu nager ici toi aussi ? » demandai-je. Mais il n'y eut pas de réponse, et bientôt il s'assoupit de nouveau ; sa tête s'inclina de côté et, empoignant la brouette, nous le ramenâmes à la maison.

Le samedi soir à la campagne, les Dabney ne se mettaient d'habitude jamais au lit avant dix heures. Ce soir-là Mr. Dabney rentra à temps pour souper, encore maussade et à cran, mais peu loquace, manifestement toujours bouleversé et affligé par la sommation du shérif. Au point qu'il ne prit même pas de fourchette. Mais le dîner était l'un de ces copieux et bienheureux repas de Trixie dont je me souviens si bien. Seule la libéralité d'un lieu comme le Tidewater profond était capable d'offrir un tel festin à de pauvres gens en ces années de disette : jambon en sauce, gruau, chou frisé, gombo, maïs, énormes tomates rouges suintant leur jus dans une salade aux oignons et aux herbes assaisonnée de vinaigre. Pour dessert, il y avait un délicieux gâteau à la mie de pain noyé dans la crème fraîche. Un peu plus tard, Mr. Seddon R. Washington, qui habitait non loin de là sur la route, arriva au volant d'une camionnette délabrée pour se joindre à Mr. Dabney dans le seul passe-temps auquel je l'aie jamais vu se livrer — une partie de dominos. Le crépuscule tombait et on alluma les lampes à pétrole. Little Mole et moi nous replongeâmes comme de tristes limaces dans notre sport obsessionnel, tracer sous la véranda un grand cercle dans la terre battue et nous accroupir avec nos billes et nos agates dans le rectangle infesté de papillons d'une lumière de lanterne, jaune tigre et vacillante. Une lune pleine montait lentement à la lisière des bois comme un immense ballon lumineux, maculé de légères taches. Le cliquetis de nos billes alternait avec le clic-clic des dominos sur le banc de la véranda.

« Si tu veux savoir la simple vérité quant au coupable de tout ça, entendis-je Mr. Dabney expliquer à Mr. Washington, on peut dire que c'est la faute de ton Franklin D. — comme désastre — Roosevelt. Le millionnaire hollandais. Et son prétendu New Deal ne vaut pas un pet de lapin. Tu veux savoir combien j'ai ramassé l'an dernier — légal, bien sûr ?

— Combien ? fit Mr. Washington.

— Je ne peux même pas te le dire. Ça me ferait honte. À Newport News, il y a des gens de couleur qui vendent des crabes grillés cinq cents pièce, eh bien, ils empochent plus que moi. Avec ce système, il y a une injustice quelque part. » Il se tut un instant. « Eleanor n'est pas loin d'être aussi exécrable que lui. » Nouveau silence. « À ce qu'on dit, elle arrête pas de frayer avec les gens de couleur et les juifs. Surtout les pasteurs.

— Les choses finiront bien par aller mieux, dit Mr. Washington.

— Elles ne peuvent guère aller plus mal, assura Mr. Dabney. Je n'arrive pas à trouver de travail, nulle part. Je n'ai pas de qualification. Ma seule qualification, c'est de fabriquer du whisky. »

Des pas feutrés traversèrent lentement la véranda et, levant les yeux, je vis Edmonia s'approcher de son père. Ses lèvres s'entrouvrirent, elle hésita quelques instants, puis dit : « Papa, je crois que Shadrach s'est éteint. »

Mr. Dabney ne répondit rien, suivant la partie de dominos avec son expression coutumière de désespoir tendu et de fureur étouffée. Edmonia lui posa légèrement la main sur l'épaule. « Papa, as-tu entendu ce que je t'ai dit ?

— J'ai entendu.

— J'étais assise près de lui, je lui tenais la main, et tout à coup sa tête — comme ça, elle a basculé de côté et il était immobile et ne respirait plus. Et sa main — comme ça, elle est devenue toute flasque et — eh bien, je veux dire, toute froide. » De nouveau elle se tut un instant. « Il n'a pas émis le moindre son. »

Mr. Washington se leva avec une petite toux et se dirigea vers l'extrémité de la véranda, où il alluma sa pipe et s'absorba dans la contemplation de la lune éclatante. Comme de nouveau Mr. Dabney restait sans rien dire, Edmonia lui tapota légèrement l'épaule et dit doucement : « Papa, j'ai peur.

— De quoi donc as-tu peur ? répondit-il.

— Je ne sais pas, avoua-t-elle d'une voix chevrotante. Mourir. Ça me fait peur. Je ne sais pas ce que ça veut dire — la mort. Jamais je n'ai vu personne — comme ça avant.

— Il n'y a aucune raison d'avoir peur de la mort, bredouilla-t-il d'une voix hachée et étranglée. C'est la vie qui est effrayante ! *La vie !* » Brusquement il quitta le banc, éparpillant les dominos sur le plancher, et quand de nouveau il rugit : « *La vie !* », je vis Trixie émerger du trou sombre de la porte d'entrée et s'approcher d'un pas qui fit trembler toutes les poutres de la véranda. « Allons, *Shoog*... commença-t-elle.

— *La vie*, c'est dans la vie qu'il faut être terrifié ! » clama-t-il à mesure que s'épanchait sa fureur enfin libérée. « Il m'arrive parfois de comprendre pourquoi des hommes se suicident ! Où donc, par tous les diables de l'enfer, vais-je trouver l'argent pour le mettre en terre ? Les nègres ont toujours été le plus gros problème ! Bon Dieu, dans mon enfance on m'a appris à avoir un certain respect et à dire " gens de couleur " au lieu de " nègres ", mais n'empêche qu'ils sont toujours un problème. Ils ne cesseront jamais de vous faire boire le bouillon ! J'ai même pas trente-cinq dollars ! Je n'ai même pas *vingt-cinq* dollars ! Je n'ai même pas *cinq* dollars !

— *Vernon !* » La voix de Trixie monta, et d'un geste suppliant elle ouvrit ses immenses bras crémeux. « Un jour, tu finiras par avoir une *attaque* !

— Et autre chose encore ! » Il se tut.

Puis soudain sa fureur — ou ce qu'elle avait de plus âpre, de plus déchaîné — parut se dissiper, aspirée dans la nuit baignée de lune, bruissante de doux cri-cri et embaumée par les senteurs de terreau tiède et de chèvrefeuille. Un instant il parut se ratatiner, plus que jamais, si léger et si frêle qu'il risquait de s'envoler comme une feuille, et il passa une main nerveuse et tremblante dans sa tignasse noire enchevêtrée. « Je sais, je sais, dit-il d'une voix éteinte et mal assurée, lourde de chagrin. Pauvre vieux, il n'a pas pu faire autrement. C'était un vieux bonhomme honnête et pitoyable qui sans doute n'avait jamais fait de mal à personne. Je n'ai pas la moindre chose au monde contre Shadrach. Pauvre vieux. »

Accroupi sous la véranda je fus brusquement saisi d'une détresse étouffante. Une bouffée de vent infiniment légère monta des bois et je frissonnai lorsque sa caresse me frôla la joue, me lamentant sur le sort de Shadrach et de Mr. Dabney, sur l'esclavage et le dénuement, et toutes les dissensions humaines tourbillonnant autour de moi en un temps et en un lieu que je ne pouvais comprendre. Peut-être pour chasser mon atroce malaise, j'entrepris d'essayer — saisi par un brusque accès de concentration — de compter les lucioles qui scintillaient dans l'air nocturne. Dix-huit, dix-neuf, vingt...

« Et en tout cas, dit Trixie, en effleurant la main de son mari, il est mort sur la terre des Dabney, comme il le voulait. Même s'il faut qu'il soit enterré dans un cimetière étranger.

— Ma foi, il ne s'en rendra pas compte, fit Mr. Dabney. Une fois mort on ne se rend compte de rien. Ce n'est pas grand-chose, la mort. »

Un matin de Virginie

À la fin de l'été 1938 se propagèrent de sinistres rumeurs sur l'imminence de la guerre. Je venais d'avoir treize ans, et ma tournée de petit livreur de journaux me faisait gravir et descendre à pied les rues torrides bordées de sycomores de notre village situé sur les rives de la James, dans le Tidewater de Virginie. Je roulais les journaux en cylindres, au nombre de quarante-cinq ou cinquante, et les fourrais dans un sac de grosse toile blanche défraîchie que je trimballais au moyen d'une sangle qui, d'abord, me mordait cruellement l'épaule, puis l'après-midi se relâchait environ au tiers de ma tournée, laquelle me prenait à peu près une heure et demie. Cet été-là les manchettes étaient énormes et lourdes d'une morne inquiétude : HITLER MENACE. CONCENTRATIONS MASSIVES DE TROUPES ALLEMANDES. MENACES SUR LA TCHÉCOSLOVAQUIE. À vrai dire, ces nouvelles suscitaient en moi, non pas tant la peur qu'une sorte de vague exaltation viscérale, capable de me distraire de la tristesse à laquelle j'étais en proie, de la douleur qui me nouait l'estomac chaque fois que je pensais à ma mère et à sa maladie. Et cette pensée revenait sans cesse, en un assaut nauséeux. De plus, j'étais harcelé par une inquiétude en rapport avec mon corps : le bout de mes seins était devenu excessivement sensible au contact du tissu de ma chemise et de mes doigts nerveux et curieux, et l'horrible fantasme me traversait de temps à autre l'esprit, qui sait si je n'étais pas en train de me transformer, partiellement du moins, en fille. D'autres sujets me tourmentaient — la longueur et la monotonie de ma tournée, que j'avais entreprise avec l'enthousiasme que l'on éprouve toujours lors de son premier emploi rémunéré, mais qui désormais, étant donné mon salaire, avait perdu presque toute saveur, 2 dollars 50 par semaines pour neuf heures, y compris le dimanche, à l'aube, une tournée supplémentaire surchargée par les grosses éditions dominicales. Même pendant la Crise, c'était là une rémunération dérisoire, dispensée en outre dime par dime, nickel par nickel, par le seul être foncièrement mesquin et avare parmi les monbreux individus affligés de faiblesses et de défauts qui croisèrent ma route dans ma prime jeunesse.

Mr. Quigley — j'ai oublié ou banni son prénom — était le propriétaire de la Maison Quigley, une sorte de bazar édifié sur un terrain ingrat à l'est du village. C'était un bâtiment lourd et banal construit en briques peintes d'un bleu délavé, et pourvu d'une porte moustiquaire grinçante et de deux fenêtres pratiquement opaques de poussière où une enseigne au néon, proclamant PABST BLUE RIBBON, palpitait sans entrain, et une autre, proclamant SCHILTZ, ne s'éclairait jamais. J'imagine que s'il était possible de humer l'odeur d'un dessin de Hogarth, il sentirait le gin; l'intérieur du Bazar Quigley, hogarthien par son encombrement et sa saleté, aurait une odeur de bière renversée, de fumée de cigarette et de parquets mal lavés. Tous les après-midi après quatre heures, et à longueur de semaine, une foule d'ouvriers des chantiers navals se retrouvaient là pour vider des canettes de bière autour des guéridons à dessus de métal, au fond du magasin ; une foule de types maussades, originaires pour la plupart de la Caroline du Nord et désespérément dans le besoin, attirés dans la région par l'espoir de se faire quelques dollars dans les chantiers navals ; et, la nuit tombée, ils traînaient là dans un quasi-silence, mâchouillant des pieds de cochon macérés dans le vinaigre puisés dans un bocal de sept litres et croquant des bretzels. Sur le devant trônait un présentoir de revues avec ses rangées d'illustrés, *True Detectives* et *Police Gazettes*. À côté était installé un comptoir à rafraîchissements noir de crasse, rarement utilisé, et une vitrine de bonbons où, à l'intérieur, je voyais toujours la demi-douzaine de sempiternelles mouches déambuler verticalement sur la paroi de verre. Il y avait aussi deux flippers avec, en fond sonore, leurs *bunk bong ding*, *ding bunk bong* monotones. Au terme des cinq milles de ma tournée, j'étais immanquablement trempé de sueur et pour un peu je me serais évanoui de soif. Aussi, en compagnie des deux ou trois autres garçons qui traînaient dans les parages, je mettais le cap droit sur le coffre de la glacière rouge émaillée où, à côté des canettes de bière, étaient rangés les Coca-Cola, les Nehi, les Orange Crush et les root beer [1] Hire. Pas de majestueux distributeurs automatiques, à l'époque, ni d'appareil design de soixante centimètres aux

1. *Root beer* : bière sans alcool.

couleurs assorties lâchant sa boîte glacée à température constante dans une paume sèche et accueillante. On devait aller se servir au coffre où les bouteilles rafraîchissaient dans de l'eau glacée, pour en extirper un Coca-Cola ou un Dr Pepper agréablement embués entre les doigts. Dans tous les établissements civilisés, l'on changeait l'eau à intervalles réguliers ; chez Quigley, l'eau stagnait à longueur de semaine, et la bouteille malodorante, une fois extirpée, était gluante au toucher. Chaque fois que je me précipitais vers le coffre et en soulevais le couvercle, Mr. Quigley était posté là, calepin maculé et en lambeaux à la main, crayon dardé.

« Qu'est-ce que tu prends, Whitehurst ? » demandait-il. En ces temps vieux jeu, il était courant que les patrons appellent les employés par leur nom de famille, mais j'avais beau être un petit garçon, il aurait fallu quelqu'un de moins rigide et de plus charitable que Mr. Quigley pour m'appeler Paul. Le salaud était si pingre que je le détestais.

« Je prends une root beer », répliquais-je.

Et je le regardais tandis qu'il gribouillait mon nom dans son calepin, puis consignait des annotations ou des chiffres compliqués, et me retenait cinq cents. L'origine ethnique de Mr. Quigley était quelque peu bizarre pour un Virginien de souche ; on prétendait que sa mère était grecque. C'était un petit homme basané au visage pincé, affligé d'une déviation marquée de la colonne vertébrale qui le déportait légèrement de côté et le faisait claudiquer. Était-ce ce handicap, engendrant dans son esprit quelque détresse secrète — il m'arriva de me le demander par la suite (étant moi-même devenu un peu plus charitable) —, qui le prédisposait à ce manque de générosité ? Je n'étais pas irréaliste ni idiot en matière d'argent, particulièrement à cette époque où un dollar valait un dollar, au point de faire grief à Mr. Quigley de son inquiétude à l'idée que l'escamotage de multiples Coca-Cola ou barres de chocolat Hershey finirait par réduire ses bénéfices. Je n'admettais pas, pourtant, l'absence en lui de la moindre trace d'humour ou de bienveillance — car j'étais encore suffisamment enfant pour m'attendre au respect et à la gentillesse de principe, au moins, auxquels un enfant est *censé* avoir droit — et, ce qui me révoltait plus que tout, c'était que pas même une seule fois (*pas une seule, pas une seule*, marmonnais-je entre mes dents tandis qu'exténué je traversais d'un pas lourd les pelouses saturées par l'eau des arrosages et les merdes de chien) il ne m'avait offert une petite gâterie, gratis. Pas un bonbon, pas un sachet de pommes chips, ni même le sachet de crackers au beurre de cacahuète (« Nibble a NAB for a Nickel[1] ») que je raflais sur son rayon répugnant de saleté quand, parfois le vendredi soir, mon estomac criait malencontreusement famine. Il était là à attendre. Et le crayon de Mr. Quigley de piquer sur son calepin pour noter mon infime dette ; jetant un coup d'œil au petit visage pincé et béat de satisfaction, je me livrais à un rapide calcul et me rendais compte qu'en ce jour de paie je rapporterais à la maison moins de mon demi-salaire, c'est-à-dire à peu près 1 dollar 15.

Il y avait deux rejetons Quigley, un garçon et une fille,

1. *Nibble a NAB for a Nickel* : slogan publicitaire : « Croquez un cracker NAB pour cinq cents. »

mais je ne les avais jamais vus ; ils étaient de beaucoup plus âgés que moi et avaient déjà quitté le lycée. Mais, presque toujours présente, il y avait aussi Mrs. Quigley, une vieille souillon coriace et grisonnante qui fumait à la chaîne des Raleigh à bout liège et traînassait en pantoufles à pompons rouges en servant des pieds de cochon et de la bière et en s'évertuant à égayer les péquenauds mélancoliques. Parfois, elle gardait à longueur de journée ses bigoudis. Ses plaisanteries étaient grossières et elles me donnaient envie de rentrer sous terre tandis qu'écoutant d'une oreille, je pliais mes journaux. Je n'étais pas vraiment bégueule, dans la mesure où, au sortir de l'école primaire à la pureté relative, j'étais depuis peu entré au lycée où le jargon courant pullulait d'obscénités. Néanmoins Mrs. Quigley était probablement la première grande personne, et en tout cas la première femme, de ma connaissance dont la bouche laissait échapper, avec la fluidité d'une conversation banale, un flot de mots de quatre ou cinq lettres. « Hé, Brighteyes, interpellait-elle l'un des sacs à bière les plus tristes, arrête de te tripoter la bite et siffle donc une autre Schlitz. » J'étais écartelé entre l'horreur et le ravissement, mais souvent mes gloussements l'emportaient, dans la mesure où sa bonne humeur ordurière était une antidote au naturel désagréable de son mari ; il lui arriva plus d'une fois de me refiler une tablette de Mounds ou une ginger ale tiédasse. Finalement, elle était l'unique touche pittoresque de ces mornes après-midi et dimanches matin, et peut-être même m'avait-elle inspiré, avant que cessent mes corvées, un vague béguin, car je trouvais irrésistible sa façon de roter, très fort et avec une délectation d'une crudité vulgaire, et aussi le moment où, troussant sa robe sac en rayonne, elle exhibait aux Caroliniens bouche bée une grosse cuisse veinée de bleu et tatouée d'un poinsettia rouge à demi fané.

Et puis, il y avait Ralph, la bête de somme du magasin. Il remuait des caisses ici et là, déchargeait les plus lourdes dans l'arrière-boutique et nettoyait les tables après le départ des clients. Ralph faisait de longues journées de travail, mais je soupçonnais qu'il n'était guère mieux payé que nous, les petits livreurs de journaux, avec nos salaires d'esclaves. Quelle que fût la paie dont il le gratifiait, Mr. Quigley tenait à lui en raison du divertissement qu'il apportait, ce crétin de Nègre à la peau tavelée couleur gingembre et à la silhouette piriforme, avec son dandinement de canard et sa voix aiguë et flûtée de castrat. J'ai dans l'idée que son problème était d'ordre glandulaire, mais Mr. Quigley l'exploitait comme une attraction supplémentaire destinée aux habitués qui se pressaient autour des guéridons à plateau d'acier ; Ralph s'exécutait, à vrai dire il coopérait, comme tant de Noirs — certains beaucoup plus intelligents que Ralph — le faisaient à cette époque, où il était plus astucieux d'être Stepin Fetchit ou Rochester que de faire l'astucieux. « Ralph, disait-il, sais-tu que tu es quasiment le foutu Nez-Gros le plus bizarroïde qui soit ? — Ouais m'sieur », faisait la voix flûtée de Ralph. Puis, vexé : « Nan m'sieur. » Puis de nouveau : « Ouais m'sieur », avec un sourire figé par le désir de plaire. « On croirait entendre un foutu zoziau, bon sang. — Ouais m'sieur. — Ou une rainette. — Ouais m'sieur. » Je vivais dans une société raciste et avais été si tôt vacciné contre l'idée d'égalité que, passivement, une partie de moi-même se rangeait à l'opinion courante selon laquelle les Nègres constituaient une race inférieure d'êtres humains. Mais l'influence édifiante de mes parents et ma propre conscience — j'aimerais pouvoir me dire qu'elle n'était pas plus compliquée que celle de Huck Finn — faisaient que je pensais autrement. L'ignoble grossièreté avec laquelle Mr. Quigley traitait Ralph me rendait malade de dégoût ; elle me perturbait à peine davantage que la sujétion souriante et docile de Ralph. « Ralph, annonçait-il en aparté aux clients, est le cabochard le plus niais du monde. » Un bourdonnement étouffé montait de l'assistance, et un gloussement, un seul. « J'vais vous montrer à tous quelque chose de vraiment stupéfiant. » C'était le coup d'envoi du numéro, habilement préparé. Ralph, feignant l'indifférence, essuyait la table, sa grosse croupe drapée dans l'ample pantalon se dandinant au milieu de la fumée. Mr. Quigley (*cette grande personne*, songeais-je en regardant la scène) se faufilait parmi l'assistance pour s'approcher de Ralph, son visage basané plissé de plaisir, se délectant d'avance. Puis soudain, le bond en avant, le coup de doigt dans l'arrière-train, et Ralph qui se redresse avec peine en simulant une panique gauche et forcée, les bras battant l'air, la voix réduite à un gémissement de fausset. « Oh, Seigneur, Seigneur, ooooeeee ! » Hurlements de l'assistance, martèlements de bouteilles, joie et gratitude unanimes. Et Ralph continuait encore un peu à se dandiner entre les tables, radieux sous l'avalanche des applaudissements, se léchant les lèvres avec une absurde autosatisfaction. Après ces numéros, Mr. Quigley donnait parfois à Ralph un bonbon ou une boisson non alcoolisée, ce qui était, ne manquais-je pas de me dire, plus qu'il ne m'avait jamais donné. Je hissais ma sacoche sur mon épaule et plongeais dans la chaleur moite, en me disant : *Quel idiot ce salaud de Noir, comment peut-il encaisser ça ?* Puis la réalité de l'infortune qu'il devait à sa couleur m'accablait, et le mépris que je vouais à Ralph faisait place au dégoût que m'inspirait Mr. Quigley, avec sa grossièreté et sa pingrerie.

Un dimanche de septembre, aux petites heures du matin, j'écoutais, allongé sur mon lit, les bruits que la douleur arrachait à ma mère. Quelques jours seulement la séparaient de son cinquante et unième anniversaire. Depuis huit ans qu'elle luttait contre le cancer, la douleur avait été parfois intense, mais le plus souvent elle avait été telle qu'au prix d'un immense effort elle parvenait à l'endurer ; maintenant, dans ces ultimes semaines, ses forces s'étaient taries. S'insinuant dans ses os, la douleur s'était faite plus aiguë, sans pratiquement lui accorder le moindre répit. Je me réveillai sur le coup d'une heure, tiré de mon sommeil par le cri que sa voix chevrotante venait de pousser dans la chambre de devant. Puis les pas étouffés de l'infirmière, Miss Slocum, suivis par les pas de mon père, plus lourds. Dans la chambre de ma mère, Miss Slocum émettait de petits sifflements étouffés, incompréhensibles ; la voix de mon père, plus forte d'un ton, se mua par intermittence en des mots affolés et torturés. Ce soir-là, à la radio du rez-de-chaussée, un bulletin avait annoncé une vague de chaleur, un record pour la saison ; je gisais trempé de sueur sous un ventilateur électrique noir qui, à chaque demi-cercle de sa rotation, laissait la chaleur me submerger, puis me rafraîchissait d'une pitoyable bouffée d'air. De l'obscurité dense derrière ma fenêtre, où, je le savais, clignotaient des lucioles parmi les fleurs des deux petits parterres de ma mère, montait une odeur douceâtre de clématites à floraison tardive. En d'autres septembres, une senteur délicieuse émanait de cette cascade blanche; maintenant au milieu de la nuit elle m'aurait presque donné la nausée. De nouveau me parvınt la voix de Miss Spocum qui murmurait des syllabes de réconfort, quelque peu forcées.

Soudain ma mère poussa un cri strident — un cri long et désespéré, empreint d'une note d'angoisse comme jamais encore je n'en avais entendu. Un hurlement perçant qui, telle une flamme, balaya mon corps nu. C'était un son étranger, c'est-à-dire qu'inopinément il dépassait mon sens de la logique et mon expérience, de sorte qu'un instant fugace il eut quelque chose de théâtral, comme au cinéma un film de Frankenstein-Dracula dans lequel une mauvaise actrice s'abandonne à une terreur peu plausible Mais elle était bien réelle, et j'enfouis mon visage dans mon oreiller, le drapant autour de ma tête comme une coiffe humide. J'essayai d'exclure le cri. Sourd, dans le noir, je m'efforçai de penser à n'importe quoi sauf à ce cri. Je pensai à Miss Slocum, une femme d'environ trente ans aux formes épanouies, au visage ouvert creusé de fossettes en forme de cœur et frotté comme un miroir; elle ressemblait un peu à une Sonja Henie trop grasse et terre à terre, et présentait une anomalie saisissante : des pouces atrophiés fixés à la face extérieure de ses pouces normaux. Il s'agit là d'un détail grotesque que pour un peu je souhaiterais ne pas être tenu de relater. Mais il est indissociable d'un souvenir complexe. Il y avait eu une note de sombre gaieté dans le désir de ma mère, six mois auparavant, de renvoyer Miss Slocum sitôt après l'avoir embauchée, quand soudain les extra-pouces avaient été découverts ; de jour en jour plus impotente, ma mère avait besoin d'être baignée et massée, et elle avait accueilli avec répulsion l'idée que douze doigts malaxeraient sa chair. Pourquoi, pour l'amour de Dieu, demandait-elle à mon père, ne les avait-elle pas fait enlever ? Sa répulsion fut à son comble quand elle constata que Miss Slocum veillait à ce que ses petits pouces soient manucurés, mais j'entendis mon père lui expliquer qu'en fait, cela n'avait rien de déraisonnable ; des pouces mal soignés n'auraient-ils pas davantage attiré l'attention ; et ainsi de suite. De toute manière, le problème fut résolu — en outre, l'infirmière était une vraie perle, d'une patience et d'une gentillesse hors pair. Quand j'extirpai ma tête de l'oreiller, les cris s'étaient tus.

« Miss Slocum, il *faut* que vous lui donniez encore de la morphine, dit la voix de mon père, plus rauque, plus proche, juste derrière ma porte.

— J'peux pas, Mr. Whitehurst, j'peux vraiment pas », vint la réponse. Elle parlait avec l'accent des montagnes de Virginie, une voix de soprano douce et gutturale, celle des vallées et des pentes abruptes qui, bien qu'à dire vrai je n'aie jamais rien su de la façon dont elle avait été élevée et ne l'aie jamais questionnée, m'évoquait toujours une famille *Li'l Abner*[1] au laisser-aller sympathique — une demi-douzaine de frères et sœurs aux cheveux filasse, un père bouilleur de cru, une mère à la lèvre bosselée par une

1. *Abner* : personnage principal d'une célèbre bande dessinée des années 30 (genre grotesque).

chique de tabac. J'avais fini par aimer sa tendresse simple de campagnarde, la compassion spontanée qu'au fil des jours de l'été torride elle vouait à ma mère, lui donnant son bain, lui changeant son linge, s'efforçant d'apaiser sa détresse sans remède. « C'est vrai, j'peux pas lui donner davantage de morphine. Le docteur Beecroft ne le permettrait pas. Il m'a donné des consignes. Pour l'instant, c'est vrai, j'peux pas lui en donner davantage.

— Il *faut* lui en donner davantage. Je trouve intolérable ce qu'elle doit subir.

— J'peux pas, Mr. Whitehurst, s'obstina-t-elle patiemment. Il faut le comprendre ; croyez-moi, je vous en prie. Il y a une certaine dose — c'est vrai — et il faut pas la dépasser.

— Elle est intolérable, cette douleur ! » Sa voix s'éleva, comme sur le point de se briser. « Elle devient folle !

— Le docteur Beecroft ne va pas tarder à arriver, Mr. Whitehurst, répondit-elle. Je vous en prie, il faut que vous lui parliez. Je suis certaine qu'il fera tout son possible. » J'entendis ses pas s'éloigner tandis qu'elle regagnait la chambre de ma mère.

Dans la pénombre, mes yeux erraient tout autour de ma chambre, un espace exigu, la chambre d'un enfant unique, bien en ordre, bien rangée, où régnait une atmosphère rassurante, car tout était à sa place, épargné par les frères et sœurs que, pendant des années, j'avais eu envie d'avoir, une envie que maintenant, dans ma détresse, j'éprouvais plus cruellement que jamais. Il y avait beaucoup d'enfants dans le village. C'était un lieu et une époque de natalité intense. Les maisons du village, malgré leurs dimensions en apparence réduites, étaient surpeuplées par des familles vigoureuses et remuantes, mes amis avaient tous des frères et des sœurs et je leur enviais le seul fait qu'ils existent — des frères aînés superbes, de jeunes sœurs futées ; même les petits morveux tout en bas de l'échelle familiale, j'aurais aimé les câliner et les protéger. Lorsqu'un jour la fille d'un voisin trouva la mort à la suite d'une chute de cheval, je fus témoin du débordement d'amour et de réconfort qui jaillit du cœur des membres de la famille, frères et sœurs s'étreignant et se blottissant les uns contre les autres, comme si le simple contact de ce qui était leur commune chair avait le pouvoir d'atténuer leur chagrin. Et pendant plusieurs nuits, ils dormirent vautrés tous ensemble dans le même grand lit, cramponnés les uns aux autres, empêchant le sommeil lui-même de les séparer dans leur affliction. Dans ma chambre, je me sentais aussi seul que si j'avais été au fond d'une oubliette. Il faisait une chaleur pernicieuse, étouffante et, dans l'obscurité, je suffoquais comme un poisson. Au-dessus de ma tête l'entrebâillement de la porte projetait un faisceau de lumière sur le mur décoré de sa frise martiale : les arrières de Fordham en Kodachrome, et le rebord de mon étagère à livres, la lumière coupant en deux *Mr. Midshipman Easy*, *The Swiss Family Robinson*, *Les Misérables*, *Ferdinand*, les volumes un à quatre de *The Book of Knowledge*. « Doucement, doucement, entendis-je dire mon père, oh, de grâce, doucement, Miss Slocum. » Et là où la lumière se faisait plus faible : PREMIER PRIX, LECTURE ORALE, RÉGION DU TIDEWATER, ÉCOLE PUBLIQUE DE VIRGINIE. Laurie Macauley était morte d'une fracture du cou. Personne ne savait pourquoi la jument s'était emballée ; elle avait toujours été d'une douceur angélique, un parangon de docilité chevaline. Mais Laurie et sa monture étaient restés perdus dans les bois à proximité de la voie de la C & O pendant tout un jour et toute une nuit, et, quand on avait découvert le corps, une partie de son visage avait été rongée par les bêtes, ce qui avait empêché d'exposer selon la coutume le corps dans le cercueil ouvert. Je me tortillais sur les draps trempés, en me disant : *Je n'arrive pas à comprendre.*

J'avais soif — une soif pressante et impérieuse, du genre de celle qui s'emparait de moi après ma tournée de journaux. Je quittai mon lit, enfilai mon pantalon de pyjama, ouvris la porte juste assez pour pouvoir me glisser dans le couloir, puis, pieds nus, je descendis l'escalier en catimini pour éviter que mon père et Miss Slocum ne m'entendent. La cuisine, comme toutes les autres pièces de la maison, était exiguë et confinée ; en trois pas je franchis les ondulations raides du lino qui garnissait le sol, ouvris le réfrigérateur et, à tâtons, explorai l'intérieur sombre en quête du bocal d'eau glacée. Puis, le soulevant, je bus goulûment, mes yeux s'embuant de satisfaction alors même que j'éprouvais un pincement de remords. Je le savais, je n'aurais pas dû boire à même le bocal. À une époque où de banales infections engendraient parfois le malheur, on ne propageait pas des germes à la légère. Les surfaces étaient briquées, désinfectées ; les aliments crus étaient lavés et purifiés à trois reprises. Dans la mesure où les gens se mouvaient à travers un invisible blizzard de funestes microbes, le taux de mortalité imputable au hasard était élevé. Un jeudi, Mr. Max Weissberger, propriétaire du plus grand magasin de la ville voisine, gratta un bouton surgi sur son nez et, le lundi suivant, il était mort. Au rez-de-chaussée du magasin, près du rayon de parfumerie et sur le mur entre les ascenseurs, une plaque de bronze, un portrait à la mémoire de Max Weissberger ne manquait jamais d'accrocher mon regard, qui se portait alors irrésistiblement sur l'extrémité du nez bruni et sa pathétique vulnérabilité. C'était parfois un monde effrayant, ce monde d'avant la pénicilline, mais je trouvais que, comme ma mère, certains péchaient par excès de zèle : le souvenir du moment où, encore valide et l'œil vif, elle me passa un savon pour avoir bu à même le bocal était très vivant dans mon esprit tandis que je buvais goulûment. Et mon remords était intensifié par ce qui se passait à l'étage. Je remis le bocal à sa place dans le réfrigérateur et me tournai pour apercevoir la lueur rougeâtre qui venait de l'alcôve adjacente à la cuisine, où se trouvaient un unique lit de camp et une lampe. Dans cette alcôve, plus petite qu'une cellule de prison, il y avait aussi, posée sur la table, une radio de pacotille si fatiguée que les fils intérieurs pointaient à travers le coffre de bakélite ; elle était branchée en ce moment, mais réglée très en sourdine, tellement en sourdine que je ne l'avais pas entendue avant cet instant, quand je m'approchai, sachant qui je verrais assis là sur le petit lit, à écouter, tout comme je savais exactement — ou presque — ce qu'elle serait en train d'écouter. Une bonne douzaine de fois auparavant, je l'avais entendu en compagnie de Florence. Le murmure brouillé se fit plus fort, plus distinct, se précisant comme une voix d'abord doucement insinuante, mais qui bientôt s'enflait en une exhortation stridente et farouche : « *Sachez donc mes frères que l'annonce de la grâce divine est faite aux Gentils, et ils l'ENTENDRONT.* » Une réponse massive de l'assemblée des fidèles : « *Amen ! Oui ! Amen !* » La voix était celle de quelque prophète qui hurlait et braillait par-delà les immensités nocturnes — 50 000 watts franchissant d'un bond les Appalaches depuis Cincinnati, Detroit ou Pittsburgh : un tabernacle bourré à craquer, un chœur d'anges drapés de blanc, un prêcheur noir en sueur haranguant les fidèles à travers l'immensité de l'éther. Quand je surgis, Florence, accroupie au bord du petit lit, leva des yeux ahuris et dit : « Fiston, fiston. Paul, mon petit, tu devrais être en train de dormir. » « *Guérissez-les, Jésus, GUÉRISSEZ-LES !* » Elle éteignit la radio.

Au cours des dernières années, Florence avait toujours passé la nuit dans l'alcôve — comme elle le faisait encore maintenant — chaque fois que mon père devait s'absenter, ce qui arrivait rarement, ou durant une évolution inquiétante de la santé en constant déclin de Miss Adelaide, comme elle appelait ma mère. D'habitude, si je restais éveillé aussi tard, je m'asseyais et suivais à la radio avec Florence ces rassemblements évangéliques. Je les adorais, quand bien même jamais je n'aurais voulu en convenir en présence de mes amis. Je les adorais surtout à cause de la musique. Les sermons hystériques dépassaient mon entendement, mais les chants me transportaient d'enthousiasme, m'électrisaient, suscitaient en moi un sentiment latent de joie et de majesté chrétiennes depuis longtemps apaisé par « Abide with Me » et autres adjurations presbytériennes tout aussi geignardes. Lorsque, déchaînés, les chœurs lointains entonnaient des gospels tels que « Precious Jesus » et « Didn't It Rain ! », je ressentais une décharge électrique qui commençait par cerner mon arrière-train puis remontait tout droit le long de ma colonne vertébrale jusqu'à mon crâne, où elle culminait par une mini-électrocution, tous mes cheveux se hérissant sur ma tête. La plupart du temps, Florence et moi écoutions ensemble, elle dodelinant du chef et articulant en silence les paroles, puis elle crispait ses paupières et glissait sa main brune et osseuse dans la mienne. Mais cette nuit-là, lorsqu'elle eut éteint la radio, ce fut le silence. Je m'assis près d'elle, prêtant l'oreille au bourdonnement du réfrigérateur et au crissement strident des cigales dans les sycomores.

Je la vis soudain lever les yeux vers la chambre de l'étage. Il y avait quelque chose d'hésitant dans ce coup d'œil, d'hésitant et de craintif, comme si une fois encore elle redoutait que se répète le cri qui m'avait poussé à m'enfouir dans mon oreiller. Puis son regard s'adoucit et elle me dit : « Pour sûr, on a eu des moments heureux dans c'te maison. Des moments tristes, mais aussi des moments heureux. Faut que tu t' souviennes des moments heureux, petit. » Elle se tut un instant. « Tu deviens si grand qu'il faut que je cesse de t'appeler petit.

— Quand ça, un moment heureux, Flo ? dis-je.

— Eh bien, le jour de ton anniversaire, y a trois ans de ça à peu près, avant que ta mère fasse une chute et se casse la jambe, et soit obligée de porter c'te espèce d'appareil et tout, on est tous allés à Buckroe Beach — tu t' souviens, toi, Mr. Jeff, Miss Adelaide, et pas loin de vingt-cinq de tes copains d'école — et moi, j'ai préparé du poulet frit, des biscuits et un tas de choses. Tu t' souviens, on a fait un feu sur le sable et tout ? Et Miss Adelaide, elle arrêtait pas d'aller et venir sur la plage, en chantant. Pour sûr, ça, c'était un moment heureux. » Je la regardais tandis qu'elle parlait, cette femme mélancolique au teint couleur chocolat et au gros nez, au visage anguleux et au corps voûté lui aussi anguleux, qui, le regard dans le vide et comme perdue dans ses pensées, se caressait distraitement le menton. Depuis sept ou huit ans, elle travaillait chez nous comme cuisinière et bonne. Son caractère revêche était devenu légendaire. Elle ne souriait pratiquement jamais, ne parvenait pas à s'arracher un sourire même lorsqu'elle accueillait des invités — un incorrigible trait de caractère que ma mère s'était en vain efforcée de corriger. Tout le monde avait jugé Florence soit « extrêmement compétente », soit « très stylée », mais irrémédiablement maussade. J'avais d'elle une meilleure opinion tout simplement parce que je la connaissais mieux, et, tout gosse, j'avais pendant d'interminables heures traîné dans la cuisine, où j'avais compris que sa maussaderie était en vérité une sérénité inflexible et triste, la conséquence d'une lutte quotidienne pour, confrontée à d'incessantes catastrophes familiales, ne pas se départir de son calme. En dépit de sa mine fermée, en dépit de son salaire (cinq dollars par semaine, plus les repas et les petits avantages, pratique commune dans tout le village), Florence vouait une loyauté inébranlable à notre minuscule famille menacée de désintégration — patiente à l'égard de mon père qui, à mesure que passait le temps, sombrait de plus en plus dans la dépression ; et gentiment protectrice, mais sévère, à mon égard, moi sur lequel elle avait jeté, avec tant de naturel que c'était à peine si j'en avais remarqué la présence, le manteau d'une maternité de substitution. Et comme une sorte de prêtresse infatigable et consacrée, elle pourvoyait aux besoins de ma mère. Je crois que, dans la solitude sombre de son cœur déjà ravagé, elle avait commencé à pleurer sa disparition, bien avant que mon père et moi ayons véritablement conscience de ce qui se passait. « Et ce Noël, il y a deux ou trois ans, poursuivit-elle, en me tapotant le genou, le jour où Mr. Harry Bladen était soûl et où sa femme, la Française, a piqué une telle colère qu'elle lui a vidé une bouteille de vin sur la tête. Et Miss Adelaide avait éclaté de rire, elle riait si fort qu'elle a failli s'étrangler en mangeant le chapon que j'avais fait cuire. Ça, c'était un moment heureux. Tu t'souviens ? Et on croyait bien que t'aurais pas de vélo parce que la veille le magasin l'avait pas livré. Mais l'homme du magasin est venu le jour de Noël et y avait cette roue qui brillait, et toi si heureux que pour un peu on aurait dit que t'allais exploser. »

J'ai l'intention de congédier cette femme dès qu'elle arrivera, demain matin sans faute. Je ne peux plus supporter sa présence, à cette femme de couleur.

Adelaide, écoute-moi bien, tu ne vas pas faire une chose pareille. Cela fait maintenant quatre ans qu'elle est chez nous, c'est une bonne travailleuse et on peut compter sur elle. Sauf une ou deux fois quand elle était malade, elle n'a pas été absente une seule journée. Même au moment du terrible ouragan elle était ici, alors que les tramways avaient cessé de circuler !

Je ne peux pas accepter qu'elle travaille ici plus longtemps. Je ne peux plus supporter ses manières de chien battu ! Ces Oui m'dme et Non m'dme prononcés avec tant d'hostilité, à croire que j'ai l'habitude d'exiger des corvées affreusement exténuantes. Et quand Louise Marable, s'efforçant d'être gentille, s'efforçant de n'offusquer personne, insinue néanmoins, comme tu as pu le constater ce soir, qu'il y a une énorme différence entre la réserve polie et la grossièreté, eh bien, pour moi, c'est la goutte qui fait déborder le vase. Dès demain matin, la porte. La p-o-r-t-e.

Adelaide, laisse-moi te dire quelque chose. Laisse-moi te parler franchement. Selon moi, depuis que nous nous connaissons, tu as beaucoup beaucoup changé au fil des années. Nous avons déjà discuté de ce sujet, et tu te souviendras d'avoir toi-même avoué que tu étais arrivée en Virginie avec un tas de préjugés affreux contre les gens de couleur. Quelle ironie, d'ailleurs, toi une Pennsylvanienne, nantie d'un diplôme universitaire — raffinée, grande voyageuse, lectrice de William Faulkner, bien élevée [1], *et tout — trimbaler avec elle ce bagage d'idées vraiment bizarres au sujet des gens de couleur, comme tu préfères toujours les appeler, ou Noirs, comme moi je les appelle. Pour dire les choses crûment, et si je peux te rafraîchir la mémoire, tu disais qu'ils sentaient tous mauvais — une odeur d'oignon, ou peut-être même d'ail, si mes souvenirs sont fidèles — et, entre autres énormités, tu disais aussi que, quant à leur physionomie, il était impossible de distinguer les Noirs les uns des autres. Et je m'en souviens nettement, quand Paul avait à peu près cinq ans, tu lui enjoignais de dire « femme de couleur » et non pas « dame ». Bonté divine, que le monde est bizarre. Et moi j'étais là, non pas le petit-fils, attention, mais le fils d'un propriétaire d'esclaves, né dans un comté à quarante-cinq pour cent nègre et élevé dans un milieu tellement obscurantiste quant à ce problème spécifique que j'étais devenu un adulte avant de me rendre compte qu'en dépit d'émancipations purement formelles, ces gens n'avaient*

1. En français dans le texte.

cessé de vivre dans une condition d'esclave, pire à bien des égards. Je ne veux pas avoir l'air hypocritement moralisateur, mais c'est moi qui ai dû t'enseigner, et non pas le contraire, que les Noirs étaient dotés de qualités fondamentales de dignité et d'honnêteté. Moi, un péquenaud, un bouseux de Caroline qui, quand je t'ai rencontrée, te soupçonnais d'être une néo-abolitionniste...

Jefferson, assez, l'essentiel t'échappe...

Un instant, Adelaide, ensuite tu pourras continuer. J'admets sans réserve que tes comportements ont remarquablement évolué ces dernières années. Tu es devenue, selon mes critères, sinon vraiment large d'esprit, du moins indiscutablement tolérante, et ton sens de la justice est exemplaire quand on le compare à celui de certaines sectaires que tu comptes parmi tes amies, et des autres partisans de la politique anachromique de Harry Byrd, avec son exécrable fiscalité, la capitation et autres forfaits...

Mais c'est justement là l'essentiel, Jefferson ! Ce n'est pas sa couleur, c'est la classe dont elle fait partie ! C'est une domestique ! Elle appartient à la classe des domestiques, la classe qui servait notre famille à Connellsville, certains, des Irlandais, d'autres des Allemands, d'autres encore, des Hongrois, mais des domestiques ! Maman et Papa ne leur demandaient rien d'autre que d'avoir des manières agréables, et en fin de compte je n'attends rien d'autre de Florence, cette fille maussade et malveillante que tu soutiens depuis si longtemps...

Cela remontait à quelques années, et ma mère en était venue, enfin, à vouer une affection sincère à Florence, maussade ou non, sourire ou pas sourire. Dans l'alcôve, Florence et moi restâmes quelques instants sans rien dire, l'oreille tendue. Nous guettions les moindres mouvements à l'étage, dans l'attente d'un murmure, d'une voix, voire même d'un craquement de plancher, mais nous n'entendîmes rien. Et donc le silence, je le savais, signifiait que mon père et Miss Slocum avaient une fois encore repris leur veille au chevet de ma mère, formant ce tableau virtuellement figé qui — chaque fois qu'il m'arrivait de passer furtivement devant la chambre, à l'accès interdit — semblait exister de toute éternité, comme une peinture ancienne ou une illustration que j'avais vue (ou croyais avoir vue) intitulée *La Chambre du malade* : la forme étendue drapée dans la chemise de nuit bleue, les draps rabattus en raison de la chaleur, les mollets nus et atrophiés seuls visibles, et les pieds squelettiques comme couverts de meurtrissures ; le dos de mon père, en manches de chemise et penché en avant sur sa chaise, éclipsant le visage de ma mère, ses bras raidis comme figés en un geste d'étreinte frénétique ; Miss Slocum contemplant la scène de l'autre côté du lit avec une expression rêveuse et pensive, imperturbable, le scintillement de la lumière sur sa coiffe empesée reposant comme une tiare sur la crête de sa permanente. À l'arrière-plan, les fleurs, une multitude de fleurs — glaïeuls, roses blanches et jaunes, tulipes, bouquets composés dans des corbeilles d'osier à anses d'osier. Et sur un support, un ventilateur électrique qui purgeait la pièce d'une odeur affreuse : fleurs suries et médicaments âcres. Nous écoutions, Florence et moi, échangions un bref coup d'œil, écoutions de nouveau, sans rien entendre sinon la stridence des sauterelles dans les ténèbres. La nuit était féconde et embaumée par la senteur douce des clématites. « Tu sais, Paul, finit par dire Florence, j'ai entendu parler d'un tas de gens qui ont guéri du même mal que ta mère, peut-être pire. Oui, un tas de gens. Dans le Suffolk il y avait une dame blanche qui était tout aussi malade que ta maman. On m'a parlé d'elle y a pas très longtemps. Elle est restée longtemps, longtemps alitée, elle souffrait, elle prenait de la morphine et un tas de trucs, et brusquement elle s'est remise. Une nuit qu'elle était couchée là, dans c'te grande douleur et que les gens lui donnaient de la morphine et tout, comme ça tout à coup elle a commencé à parler et elle s'est mise debout et elle a marché. Et elle se sentait guérie. À partir de ce moment-là elle s'est sentie guérie et en tout aussi bonne santé que toi et moi. C'était l'esprit de Dieu qui avait sauvé cette femme. C'était la grâce de Jésus Christ et sa miséricorde.

— Ça serait merveilleux », commençai-je. Un instant je sentis un très étrange frémissement d'espoir, un battement dans ma poitrine. Puis cela se dissipa. « Je ne pense pas que je croie à tout ça. Par exemple que la femme a fini par guérir — peut-être est-ce vrai. Mais le coup de la miséricorde divine, vraiment, ça je n'y crois pas. Jésus, d'accord j'y crois, mais... » Je me tus brusquement.

« Mais alors, pourquoi tu vas à l'église ?

— Eh bien, tu sais, nous n'allons pas à l'église vraiment régulièrement. Depuis deux ou trois mois, je n'ai pas mis les pieds au catéchisme, pas plus qu'à l'église d'ailleurs.

— Mais comment ça se fait que ton père y va, lui ?

— Je t'ai déjà expliqué tout ça, Flo. Papa y va à cause de la tradition et parce qu'il aime la beauté des Saintes Écritures et les valeurs morales du christianisme. Un jour il m'a dit que s'il y allait et me forçait à y aller, c'était pour que je puisse m'imprégner de certains enseignements du Christ en rapport avec la justice. C'est surtout pour moi, je crois bien.

— Est-ce que ton papa *a la foi*, selon toi, Paul ? Foi dans le Saint-Esprit et le pouvoir du sang et de la prière ? »

J'hésitai un long moment, puis je dis : « Je ne sais pas, Flo. Je ne crois pas. Parfois il lui arrive de piquer des colères terribles contre la religion. Il dit qu'il est un sceptique. » Après un nouvel instant de silence, je poursuivis : « Un jour Papa m'a dit que chaque fois qu'à l'église il y avait une longue prière, il se récitait des vers de Rilke, c'est un poète allemand. »

Dans la pénombre, je devinais que Florence hochait la tête de haut en bas. « Po-*ète*. Ça c'est triste, et c'est une honte. » Un instant après, elle dit d'une voix douce : « Je crois que je vais monter voir comment Miss Adelaide se sent. Ça va pas me prendre plus d'une minute. Quand je reviendrai, je veux que tu te mettes au lit. On est bien dimanche matin, pas vrai ? T'as bien tes journaux à livrer ?

— Oui.

— Quelle heure, ta tournée ?

— Cinq heures, répondis-je.

— Sei-*gneur*, c'est bien ce que je pensais ! Maintenant faut te mettre tout de suite au lit, tu m'entends ? »

Entre la cuisine et la salle à manger, il y avait une autre alcôve, un peu plus grande que la première et qui servait à ma mère de salle de musique. Quelque chose me poussa à y pénétrer, et j'entrai dans la pièce à l'instant même où j'entendis au-dessus de ma tête les pas de Florence qui grimpait l'escalier. J'allumai la lampe à col de cygne posée sur le piano droit ; le petit sanctuaire baignait dans une douce lumière bronze qui éclairait cette pièce que ma mère chérissait plus que toute autre, que ce fût dans la maison ou en réalité n'importe où ; des rangées et des rangées d'étagères remplies de partitions reliées, et plus bas, les murs garnis d'albums de disques noirs frappés de titres dorés brillants ou plus ou moins fanés. Ces disques, elle et mon père les passaient sur un phonographe électrique, un Atwater Kent modèle luxe incorporé, « superhétérodyne », une nouveauté de pointe à l'époque pour la qualité du son, mais qui avait tendance au brouillage après une douzaine de disques, à moins que l'on ne change l'aiguille d'acier. Pour ma part, les bustes de plâtre de Schubert, de Beethoven, de Brahms étaient dépourvus de toute iconolâtrie bêtement sentimentale ; s'ils étaient les saints que vénérait ma mère, leur présence était manifestement justifiée. Sur le dessus du piano, trônaient des photographies, encadrées, dédicacées. Des photographies qu'elle avait acquises comme certains collectionnent des portraits de divinités de Hollywood. *Für Adelaide*, disait l'une, au-dessus d'un gribouillis de pattes de mouche en allemand, paraphé *Gustav Mahler*, un homme à l'air érudit avec dans le regard une lueur agréable, légèrement démente. Une autre : *À Adelaide Whitehurst, avec mes meilleurs souvenirs, Ernestine Schumann-Heink*. Arturo Toscanini, farouche. Fritz Kreisler, gemütlich. Lotte Lehmann, niaisement majestueuse. Un portrait dépourvu d'inscription hormis le lieu et l'année — Vienne, 1904 — fascinait toujours mon regard, car il montrait ma mère elle-même, jeune, coiffée d'une guirlande de nattes brunes, portant des lunettes et vêtue d'un corsage bouffant à col roulé et d'une longue jupe à plis, arborant un sourire éclatant de blancheur qui, de toute évidence, était un sourire de pur engouement destiné au vieux satyre à favoris dont la bedaine lui servait d'appui — son professeur de chant, un certain Herr « Rudi » Reichardt. C'était lui qui, certain jour délectable et précieux, avait présenté ma mère à Mahler. Lorgnant d'en haut la partition posée sur le piano, je voyais qu'il s'agissait du *Winterreise* de Schubert. J'étais alors à demi ignare en matière de musique. Je ne m'étais pas encore vraiment familiarisé avec les mélodies que chantait ma mère, le flot apparemment intarissable de *Lieder* de Schubert, Schumann et Brahms et d'une douzaine d'autres qu'elle faisait fait jaillir de cette petite pièce, avec son contralto clair, charmant, un son qui me semblait-il toujours, était empreint d'une authentique couleur, opalescente, comme de la nacre. Tous se fondaient et échappaient les uns aux autres, ces chants insondables. Je ne connaissais que quelques titres. Ils n'avaient d'autres liens qu'une voix qui les parait d'une tendresse parfois joyeuse, parfois sombre. Dans le village, rares étaient les gens qui s'intéressaient à ce genre de musique ou l'écoutaient avec sérieux ; cependant, personne ne jugeait ma mère bizarre ni originale, et en réalité il arrivait de temps à autre que des enfants se rassemblent le long de la clôture de notre arrière-cour, accompagnés par quelques adultes, pour l'écouter et, quand elle s'arrêtait, ils applaudissaient, en témoignage d'admiration relative mais réelle pour ces mélodies joyeuses et plaintives, ces paroles lyriques étrangères tellement éloignées de l'esthétique du *Lucky Strike Program* et *Kollege of Musical Knowledge* de Kay Kyser, de Guy Lombardo et autres bouillies insipides vomies par la radio. Mais sa musique à elle et, en conséquence, le plaisir majeur de sa vie avaient reçu un horrible coup deux ans auparavant. Un certain après-midi, elle trébucha et s'affala dans un des parterres de fleurs. Cela aurait dû être une chute sans gravité, mais tel ne fut pas le cas ; le cancer avait commencé à lui ronger les os, et sa jambe était brisée sans le moindre espoir de guérison. Aussi l'appareil qu'elle était contrainte de porter, un horrible assemblage d'acier et de courroies de cuir qu'elle devait mettre pour se tenir debout ou marcher, ou encore quand, assise, elle se tenait adossée à angle droit, l'empêcha par la suite de jamais refaire du piano. Ce qui la plongea dans une détresse cruelle, sans pour autant lui faire perdre tout courage. Elle était inlassablement vouée à ses chants, au point que souvent elle se contentait de chanter sans accompagnement ; l'harmonie était perdue mais la belle voix était toujours là, faiblissant et s'estompant seulement du jour où son corps lui-même fut submergé par la faiblesse et qu'elle ne parvint plus à marcher. Dans l'un des derniers souvenirs que je garde d'elle avant que la maladie la cloue au lit pour de bon, elle est debout dans son jardin, parmi les fleurs de mai aux vives couleurs, le ballet des colibris et le va-et-vient des abeilles. Je la voyais de dos, et quelques instants elle demeura immobile, puis elle fit un ou deux pas claudicants à l'aide de sa canne et de son appareil. Aussitôt, à la façon dont elle penchait la tête, je sus qu'elle allait chanter. Un instant elle retint son souffle, il y eut une première note hésitante, puis sa voix s'éleva en une mélodie claire, sereine, fervente.

Ist auf deinem Psalter,
Vater der Lie-be[1]*...*

Ce jour-là je m'empressai de regagner la maison avant que le morceau se termine. Je voulais chasser toute impression de sa maladie — la voussure du dos l'appareil, la canne — afin que mon esprit, pour quelques instants du moins, soit rempli par la résonance de la voix et de ses tragiques et lyriques louanges.

J'entendis quelqu'un frapper à la porte d'entrée et devinai aussitôt — au nombre exact et familier de petits coups secs sur l'écran de la moustiquaire — qu'il s'agissait du docteur Beecroft. Je traversai le séjour et le fis entrer. Je humai comme une odeur d'iode qu'exhalait le costume de crépon déformé avant même que la lumière de la véranda illumine la tête chauve, le front ruisselant de sueur, d'épaisses lunettes encadrant des yeux inquiets qui, à ma vue, s'efforcèrent promptement de feindre un clignotement nonchalant. Dans sa trousse noire, des objets de métal cliquetaient ; mon esprit imaginait des forceps crochus, des ciseaux, des lancettes, des instruments pour saignées. « Salut, mon gars, lança la voix bienveillante, encore debout à une heure pareille ? » Je ne répondis pas, ne pus pas répondre, car, à l'instant même où le docteur pénétrait dans le vestibule, un grand brouhaha retentit à l'étage dans la chambre de ma mère.

1. *Y a-t-il dans ton Psautier*
Père d'amour...
Dans Goethe, *Hartzreise im Winter* (*Voyage d'hiver dans le Hartz*) mis en musique par Brahms.

Puis ce fut un bruit de pas traînants, des coups sourds, des voix aiguës. Le docteur traversa en hâte le séjour et se précipita dans l'escalier tandis que je suivais, conscient que le bruit, ou les bruits, que faisait ma mère n'étaient plus un cri, mais le flux et reflux étranglés d'une respiration, comme si ses cris avaient été à ce point bloqués par l'épuisement que, du tréfonds de son tourment, ne pouvait émaner qu'un gémissement ténu et sans force. Pourtant on ne sait comment elle parvenait encore à former des mots, et les mots que j'entendis étaient : « Jeff, Jeff! Tiens-moi ! » Et quand nous atteignîmes le palier, je pus contempler ce qui se passait dans la chambre et vis mon père la soulever dans ses bras. *Il leur arrivait si souvent de se chamailler et de s'engueuler*, songeai-je. *Ils ne se sont jamais beaucoup câlinés de façon tendre.* Florence et Miss Slocum observaient la scène en silence. Mon père souleva le corps frêle et le pressa sur sa poitrine. Du seuil où je m'étais arrêté, tout tremblant, sa tête, penchée en avant, et le dos de sa chemise trempée de sueur m'empêchèrent de voir le visage de ma mère ; la vibration grêle du ventilateur électrique noyait ses murmures. Je me dis : tant de chamailleries. Ni cris ni coups comme les Rowe et les Hale. Mais des chamailleries, plus ou moins courtoises.

Longtemps je me suis interdit de te dire ceci, Addy, mais laisse-moi te le dire maintenant, je pense que tu es une détestable snob.

N'élève pas la voix ainsi en présence de Paul...

Paul, fiston, sois gentil, va faire un tour dehors. Non, laisse-moi continuer. Tu traites Harry Bladen d'ivrogne et ses manières te déplaisent, et je serais volontiers le premier à admettre qu'il est peut-

être un rien trop porté sur la bouteille. Mais c'est un des rares collègues éclairés que j'aie dans ce mausolée où je gagne notre pain quotidien, avec qui je puisse discuter à un niveau intellectuel raisonnable, en réalité une des rares personnes de toute cette communauté — à l'exception de toi, bien sûr — qui ait peut-être lu autre chose que des ouvrages techniques, s'intéresse à la peinture au-dessus du niveau de Norman Rockwell, et qui en fait, et de sa propre initiative, ait étudié un peu de philosophie théorique, comme moi-même. S'il se montre un tant soit peu mufle en ta présence, comme tu l'en accuses — bien que selon moi c'est là pure imagination de ta part —, il est possible qu'intuitivement il devine en toi la réactionnaire invétérée que tu es, incapable après tant d'années d'échapper au moule de ton éducation parmi ces vautours nordistes obsédés par l'argent et obnubilés par le culte du dollar tout-puissant que sont ta famille et leurs amis. Ton primate de beau-frère, par exemple, qui...

Assez ! Ne parle pas de ma famille ! Je refuse de me laisser fustiger ou railler, que ce soit par toi, Harry Bladen ou quiconque, sous le prétexte idiot que j'ai exprimé la répugnance que m'inspirent la politique des démocrates et les grands travaux de Franklin D. Roosevelt. Des millions de gens partagent mes opinions. Mais si toi et moi n'avions d'autres divergences que politiques, il n'y aurait aucun conflit. C'est toute cette communauté, ces gens ennuyeux comme la pluie, qui s'évertuent à être gentils, s'évertuent à avoir du cœur, tu comprends, mais avec lesquels je n'ai pas la moindre affinité. Ils ont contribué à élargir le fossé qui nous sépare. Depuis des années je m'efforce de comprendre les gens du Sud, de m'entendre avec eux, mais en fin de compte j'ai été vaincue par une forme de provincialisme et d'aveuglement culturel sans égal partout ailleurs dans le monde. N'est-ce pas H. L. Mencken, que tu idolâtres tellement, qui parle du Sud, à juste titre, comme du « Sahara of the

Bozart[1] ». *Si je n'avais pas ma musique, je deviendrais folle ! Tu n'as pas idée du nombre de fois où j'ai regretté d'avoir quitté le Nord, d'être allée à New York...*

Tu as eu ta chance, ma chère. Tu as été à deux doigts d'épouser cet esbroufeur de Pittsburgh, pour ainsi dire ton voisin. Pourquoi n'as-tu pas foncé ? Il t'aurait arrachée à ce désert culturel.

Peut-être, en effet ! Si j'avais épousé Charlie Winslow, je suis convaincue que nous aurions fait des voyages, du moins de temps à autre. Je suis convaincue qu'il m'aurait emmenée à Paris, et que j'aurais revu Vienne. Peut-être même aurais-je eu une robe Chanel — rien de vraiment extravagant, bien sûr, ne te méprends pas, simplement quelque chose qu'une fois dans sa vie une femme pourrait avoir envie de porter. Serait-ce demander...

Dans ce cas, je suis navré que tu te sois contentée de si peu, Adelaide. Jamais je ne t'ai promis la richesse. Ce n'était pas mon genre, et tu le savais. Dans notre contrat, il s'agissait d'une maison, d'amour et d'amitié. Je serais incapable de te donner, ou de me donner, une vie luxueuse, même si je m'employais à accumuler de l'argent pour que la chose soit possible. J'ai toujours admiré beaucoup de choses en toi. Mais je ne peux pas admirer ton incapacité de comprendre que mes passions ne s'attachent pas aux objets tangibles, mais, si tu veux bien me pardonner de le dire, à l'esprit et à l'intelligence. C'est pourquoi mes moments de loisir sont aussi précieux pour moi que l'est pour toi la musique, et c'est pourquoi je passe tellement de temps là-haut dans mon cagibi à écrire, lire et penser au lieu de rêver à des combines pour faire de l'argent, comme s'y emploient tant de gens de ma connaissance au beau milieu de cette épouvantable Crise. C'est pourquoi je suis et

1. *The Bozart* : jeu de mots, altération de « les Beaux-Arts », due à H. L. Mencken, célèbre journaliste satirique et critique américain (1880-1956).

resterai sans doute toujours un humble fainéant qui gagne un humble salaire dans un emploi auquel je ne m'intéresse guère. Cela, je l'ai accepté comme un fait, sans doute immuable, de mon existence. Je souhaite que tu l'acceptes aussi. Je ne puis t'admirer de me mépriser pour autant...

Jeff, je ne méprise pas...

Bonne nuit, Addy.

« J'insiste, Tom », disait mon père au docteur Beecroft. Papa avait un visage austère et maigre, avec un nez proéminent et des yeux pensifs et mélancoliques. En cet instant le visage, d'ordinaire si impassible, était marbré par le chagrin. « Donnez-lui davantage de morphine, il le faut ! J'insiste, vraiment ! Personne ne peut endurer pareille souffrance. C'est diabolique !

— Jeff, je ne crois vraiment pas pouvoir lui en donner davantage », répondit le docteur. Ils étaient tous dans le vestibule maintenant — à l'exception de Miss Slocum —, hors de portée de voix de ma mère, et j'étais de nouveau tapi dans la pénombre de ma chambre, où j'écoutais la voix patiente qui poursuivait ses explications. « Comme je vous l'ai dit cet après-midi, il est fréquent que les gens contractent une forme de tolérance après un long traitement, ils finissent par être sensibilisés. Et c'est ce qui est arrivé à Adelaide. Elle commence à ne plus pouvoir absorber les piqûres. Et aussi, je dois dire que j'ai du mal à trouver un endroit où les piqûres elles-mêmes ne provoquent pas de douleur, vous comprenez. » Il s'interrompit un instant. « Ce que je *veux* tenter de faire, c'est de lui administrer autre chose — de la cocaïne par voix orale, si elle est capable de l'avaler et de ne pas la rejeter. Il arrive que ce soit assez efficace. Je peux aussi tenter par voie intramusculaire de... » Il poursuivit encore un peu, du jargon, inintelligible.

« Je vous en supplie, Tom, essayez tout. Il doit bien exister un moyen d'annihiler ce... » Il me vit à l'instant même où je le vis. « Paul... » dit-il. Papa n'était pas le plus calme des hommes, malgré son penchant pour la philosophie. Par bonheur, sa vie avait échappé à trop de perturbations. Par nature il n'avait guère d'assurance et même des crises mineures tendaient à le laisser démonté, démoralisé. Son visage maigre était empreint d'une sensibilité toute professorale qui convenait mieux à la méditation qu'à l'affrontement ; sous l'empire d'une réelle émotion, une lueur ardente et, pour moi, un peu effrayante, flambait dans ses yeux, et en cet instant j'eus le sentiment que jamais je ne lui avais vu l'air aussi égaré, aussi agité jusque dans les profondeurs les plus tristes de son âme. « Paul, fiston, dit-il aussi doucement qu'il le pouvait, tu devrais être au lit.

— Tant qu'à faire, je pourrais rester debout, Papa, dis-je. Il est presque deux heures. Je dois commencer ma tournée à cinq.

— Tu n'es pas obligé de distribuer les journaux ce matin.

— Papa... » J'hésitai, ne sachant que répondre. *Pourquoi, Papa ? Pourquoi pas ce matin, Papa ? Pourquoi ? Pourquoi pas ?*

« Écoute, Paul, fiston... » Il hésita à son tour, un bref instant à peine, jusqu'à ce que Florence vienne à la rescousse.

« Mr. Jeff, dit-elle, pourquoi ne laissez-vous pas cet

enfant distribuer ses journaux ce matin ? On va l'attendre au magasin. » C'était là sa façon de formuler une non-vérité qui revendiquait d'être dite, du moins en cet instant dans le couloir lourd d'une ambiance d'atroce indécision, et je savais qu'elle m'était destinée. *Tout ira bien, tu verras, petit.* « Mr. Quigley, lui, il flanque ce gosse à la porte si vous l'empêchez d'y aller.

— Eh bien, d'accord, fiston, dit Papa d'une voix altérée, mais je veux quand même que tu essaies de dormir un peu. »

Il y avait un gosse de mon âge nommé Bruce Watkins, lui aussi un des six petits livreurs de journaux de Mr. Quigley, et tous les dimanches à l'aube, il me réveillait en cinglant d'une poignée de cailloux la moustiquaire de ma fenêtre. Ce matin-là, je fus tiré d'un demi-sommeil troublé par le crépitement, pareil à la rafale d'une soudaine averse, qui me fit me dresser dans mon lit avec la sensation de me réveiller épuisé dans un lieu inconnu. Je tendis l'oreille dans l'attente du son — l'indicible — mais je n'entendis rien. Quand j'eus enfilé mon short et ma chemisette et m'engageai dans l'escalier, je constatai que Miss Slocum, bouche entrouverte, ronflant doucement, somnolait au chevet de ma mère. Le docteur était parti. La porte de la chambre de mon père était fermée, ce qui signifiait qu'il prenait quelques minutes de sommeil ou peut-être essayait simplement de dormir malgré la chaleur accablante qui, même à cette heure, avait une intensité anormale, comme artificielle, pareille à celle de la chaufferie d'un navire de guerre dans laquelle j'avais un jour été autorisé à descendre. Dehors sur la pelouse, la chaleur stagnait comme prisonnière d'une immense cuvette, sans un souffle d'air, nullement atténuée par la nuit finissante, de sorte que l'herbe, qui aurait dû être trempée de rosée, restait sèche et cassante sous mes tennis, et les sycomores avaient un aspect flétri, exténué, tandis que les premières lueurs du jour argentaient leurs feuilles. C'était un de ces matins du Sud où, à leur réveil, les gens s'agitaient et murmuraient : « Ô Seigneur. » L'air était poisseux et menaçant, la chaleur du jour nouveau montant comme un cataclysme. La tête me tournait faute de sommeil ; déjà la sueur me ruisselait dans le dos. Bruce m'attendait sur le trottoir et nous suivîmes les rues du village endormi pour gagner le magasin. Quelques instants nous demeurâmes sans rien dire. Il appartenait à l'une de ces familles du voisinage à la nombreuse progéniture dont j'enviais tellement le joyeux laisser-aller. Il avait quinze bons centimètres de plus que moi, un an de plus, et je convoitais, aussi, le léger duvet qui lui mouchetait le visage, le plongeon androgyne de sa voix dont parfois le soprano se muait en croassement, et même la plaque d'acné rosâtre autour de son nez. Il devenait un homme ; je me sentais encore aux prises avec l'ingénuité de l'enfance.

« Ta maman, comment va-t-elle ? » finit par dire Bruce. Je décelais dans son attitude un mélange d'indécision, de sympathie, et aussi d'obligation. J'avais l'impression que, pas davantage que moi, il n'avait envie d'en parler mais savait, comme je le savais, qu'il était vain de vouloir l'éviter.

« Elle est vraiment malade, je crois, répondis-je, puis après un silence : À vrai dire, c'est très grave.

— J'suis vraiment désolé », dit-il, et il en resta là : nous comprîmes tous deux que le sujet était clos. Et illico nous passâmes au sujet qui s'imposait le plus dans l'immédiat. « Combien as-tu ramené à la maison vendredi ? demanda Bruce.

— Un dollar quinze. Et toi ?

— Un dollar trente. Quel radin, ce salaud. Tu veux savoir ce que Wilson m'a dit hier ? Il m'a dit quelque chose de vraiment très intéressant.

— Quoi ? fis-je.

— Eh bien, il a dit que depuis deux semaines il fauchait des trucs à Quigley.

— Fauchait des trucs ? fis-je. Quel genre de trucs ?

— Oh, tu sais, dit Bruce, toutes sortes de trucs. Chewing-gums. Bonbons. Paquets de Old Gold. Les cigarettes, il les donne à son frère. Les revues aussi. Et un ou deux briquets, les Zippo sur le comptoir de devant. Et même, il a fauché un oreiller, un de ces oreillers rouges avec dessus le portrait de Roosevelt. C'est simple, il en a marre de Quigley.

— Tu veux dire qu'il les a volés ? demandai-je, sincèrement surpris. Seigneur Dieu, jamais je n'irais voler quelque chose, et toi ?

— Nan, moi sûrement pas. » Il hésita un instant. « Eh bien, j'ai fauché un Milky Way une fois le printemps dernier, plus d'un, à dire vrai. » Encore une hésitation. « Cinq ou six.

— Je ne pense pas que ce soit trop grave, dis-je, avec une pointe d'envie, avant de poursuivre : Je plaquerais volontiers ce boulot, à ceci près que l'argent, j'en ai vraiment besoin. Papa ne peut pas me donner grand-chose comme argent de poche. On n'arrive vraiment pas à s'en sortir. Il faut qu'il subvienne aux besoins de ma grand-mère là-bas en Caroline du Nord et d'un tas d'autres gens de la famille. Et puis l'infirmière, Miss Slocum, je parie qu'elle lui coûte une fortune.

— Moi aussi j'ai envie de plaquer, dit Bruce, peut-être que je *vais* le plaquer, je ne sais pas. »

L'aube baignait le village d'une lumière chaude et dorée. Des maisons — chacune bordée d'un parterre de fleurs, chacune plantée tout près de sa voisine sur un pan de pelouse bien soignée — montait le vrombissement collectif des ventilateurs électriques ; des bouffées d'air chaud jaillissaient des chambres à coucher du premier étage jusqu'au moment où l'aube fut remplie par un bourdonnement somnolent, chaque bourdonnement se fondant au bourdonnement voisin à mesure que nous passions de maison en maison. Les chiens endormis sur les vérandas à l'abri des moustiquaires étaient abrutis de chaleur, mais de temps en temps, à notre passage, un chat s'étirait sur un perron et nous décochait un regard torve avant de s'enfuir en bondissant. Près d'un demi-siècle plus tard, je me rappelle ce parcours avec la netteté du réel. Un agréable agencement géométrique caractérisait le village, avec son alternance de maisons de stuc et de bardeaux, ses rues rectilignes et leurs carrefours, ses trottoirs pavés bien droits. Il avait un aspect Tudor traditionnel, mais était trop contemporain pour être pittoresque ; la stricte ordonnance angulaire était atténuée par des rectangles broussailleux d'arbres feuillus, de haies, d'arbustes, et tout cela aurait dû tenir lieu de modèle aux innombrables et sinistres Levittowns et Daly Cities dont il était l'ancêtre.

C'était le premier véritable lotissement du pays, édifié par le chantier naval pour ses employés de bureau, pendant la Grande Guerre. Les maisons étaient toutes petites, mais fort bien bâties. Si j'ajoute ce commentaire, un peu gratuitement peut-être, c'est pour confirmer ma conviction que le village, en dépit de ses inconvénients dus au manque d'espace, était un lieu agréable et coquet où il était infiniment mieux de grandir que dans les horreurs ultramodernes construites en série qui au cours des décennies suivantes ont submergé le paysage. À treize ans, j'adorais la douillette convivialité du village, les bourdonnements des ventilateurs électriques se fondant en un seul et énorme bourdonnement de ruche comme par cette aube de septembre. Ce matin-là, ce bourdonnement me rappelait une autre merveilleuse séquence sonore : *Amos 'n' Andy*[1], le programme que tous les jours de la semaine diffusait la radio à sept heures. Si universellement adoré, dans le village comme ailleurs, était ce programme et son épaisse bouffonnerie nègre, que les jours où je devais distribuer tardivement les journaux, je pouvais passer de pelouse en pelouse et écouter les plaisanteries et les gros éclats de rire qui fusaient par les fenêtres ouvertes sans jamais manquer le moindre mot du texte de la comédie, une seule nuance de l'épisode de la soirée. « Le Poisson-Lune, sûr qu' c'est un dangereux *tigrre* avec les faaames ! » clamait Amos, à pleine voix, un rugissement jailli d'une demi-douzaine de postes de radio. Suivaient d'antiphoniques éclats de rire tonitruants poussés par une demi-

1. *Amos 'n' Andy* : personnages comiques noirs interprétés dans les années 30 par des acteurs blancs avec des accents nègres.

douzaine de contremaîtres du chantier naval vautrés dans leurs minuscules salles de séjour après de substantiels dîners, se claquant le ventre avec allégresse tout en mâchouillant leurs cigares Hav-A-Tampa. Me traînant de maison en maison, je ne perdais pas un seul mot du dialogue ; ce qui me redonnait infiniment courage, et allégeait mon labeur.

Je me souviens des manchettes de ce matin-là avec la même clarté que je me souviens de toutes les autres, conflits majeurs, assassinats, attentats à la bombe, massacres, holocaustes et meurtres innombrables qui s'étalaient sur les premières pages à mesure que le siècle poursuivait sa course folle... PRAGUE ATTEND L'ULTIMATUM DE HITLER... Dans le Bazar Quigley, je m'assis sur une pile de journaux qui annonçaient ces nouvelles et me demandai quand Mr. Quigley nous ordonnerait de commencer à entasser dans nos sacs les énormes éditions dominicales. Elles étaient alourdies par des publicités pour la rentrée scolaire, entre autres un supplément spécial de quarante pages célébrant le vingt-cinquième anniversaire du grand magasin Weissberger. La première page du supplément, remarquai-je, offrait une reproduction de la plaque commémorative à l'effigie du négociant et de son nez, pour moi éternellement fascinant. Ce matin-là, il y avait eu une sorte de cafouillage avec les journaux ; quelques liasses étaient arrivées, mais il en manquait d'autres et comme toujours, bien sûr, c'était la faute de Ralph. Il lui incombait d'attendre, à environ quatre heures, le camion de livraison qui venait de la ville et de s'assurer que le nombre exact de liasses avaient été déchargées ; ce matin-là, Ralph avait perdu la tête et il lui avait échappé qu'il manquait au moins une centaine de journaux. Mr. Quigley était furieux, et tandis qu'accroupi là avec les autres gosses, je regardais notre employeur émerger, tel Quasimodo, de l'arrière-salle, j'étais soulagé que sa fureur à son comble se fût manifestée hors de portée de voix — en coulisse pour ainsi dire — dans la mesure où il m'était déjà arrivé d'entendre Mr. Quigley houspiller Ralph en lui reprochant sa gaucherie et ses multiples incompétences, ce qui avait toujours été un numéro affligeant, un numéro qui me donnait toujours envie de me fourrer dans un trou. Ce jour-là Ralph émergea de l'entrepôt, se traînant lourdement derrière Mr. Quigley, murmurant et se tordant les mains, au bord des larmes ; son visage lunaire couleur caramel avait cette expression de souffrance animale transfigurée qui marque le visage d'êtres profondément bornés quand ils se trouvent en butte à la fureur. « Oh, patron, plaidait-il de sa voix infantile, de grâce me flanquez pas à la porte, de grâce pas ça. Mamma, c'serait sa mort si vous flanquiez l'bon vieux Ralph à la porte !

— Dieu a fait les sangliers plus malins que ce demeuré », dit Mr. Quigley, à la cantonade. Je le savais, Mr. Quigley ne flanquerait pas Ralph à la porte, Ralph dont il s'assurait les services pour trois fois rien. En outre, il aimait bien Ralph en dépit de sa stupidité.

Ce fut alors qu'à l'étage Mrs. Quigley, drapée dans son peignoir et traînant les pieds dans ses pantoufles, sortit de l'appartement principal, la Raleigh à bout liège pendouillant à ses lèvres, sa main étreignant déjà un Coca-Cola. Elle n'avait vraiment aucun charme et, pour un dima nche matin, paraissait lugubre. Son visage épais, blême comme une tranche de veau et encore vierge des cosmétiques dont elle se barbouillait d'ordinaire, lui conférait une ressemblance avec un officier de hussards hongrois que j'avais vu dans un film — un cavalier en bigoudis. « Qu'est-ce qui se passe, Quigley ? » s'enquit-elle. (Il me revient soudain que je n'avais jamais entendu autre chose que son patronyme : personne n'utilisait jamais son prénom, pas même sa femme.) « Y a pas à dire, quel foutu cirque ici en bas.

— Le prodige nubien a laissé les autres crétins nous souffler cinq liasses », répliqua-t-il, en allumant à son tour sa cigarette et en commençant à tripoter le téléphone public dans lequel il glissa une pièce d'un quarter. « À lui seul le génie fiche en l'air le service de distribution de journaux le plus efficace de Floride. Pendant ce temps, le monde chancelle au bord de la catastrophe. L'humanité attend de connaître son sort. » C'était un affreux numéro d'humour m'as-tu-vu destiné à nous, les gosses, sa voix parodiant l'intonation docte de Lowell Thomas, le présentateur radio vedette de l'Amérique qui, avec les manchettes des journaux, était son unique source d'information sur l'actualité. (Il recourait à ce style de façon plus solennelle avec ses habitués, les oisifs de l'après-midi qui, ne connaissant rien à rien, le prenaient pour un oracle.) Je serrai les dents et fermai les yeux tandis qu'il poursuivait, secouant le combiné avec fureur pour appeler le standard. « Les Boches qui se massent aux frontières de la Tchécoslovaquie, le fascisme qui se déchaîne dans une Espagne ravagée. Une crise économique qui s'aggrave dans notre pays, en dépit de toutes les prévisions. Pendant ce temps, au Bazar Quigley, sévit ce génie nubien qui, sans aide, empêche une centaine de clients de recevoir les nouvelles. » Je refusai d'en écouter davantage, l'entendis vaguement se brancher sur le bureau de presse de la rédaction et hurler sa complainte. Tout cela se fondit pour s'enfouir dans quelque lointain recoin de ma conscience. Je plongeai mon regard dans une vitrine, une niche vitrée bourrée d'objets dont l'immuable désordre m'avait toujours brisé le cœur, où une horde de colporteurs gagne-petit avaient déposé un fatras de bibelots qui, semblait-il, ne trouvaient jamais d'amateur et même n'étaient que rarement remarqués : peignes, cendriers de porcelaine chinoise, drapeaux sudistes aux hampes dorées, porte-feuilles imitation cuir, statuettes en plâtre de Mr. Peanut, poupées Betty Boop, bracelets à breloques, hot dogs en caoutchouc, boîtes rondes pour poudre à éternuer, merdes synthétiques de chien dont le lustre réaliste, comme l'éclat de tous les autres objets invendables — même ceux au prix rabattu de vingt-cinq à dix cents, et pour finir à un sou —, avait terni sous un saupoudrage de poussière quigleyenne jusqu'à n'être plus qu'une grisaille morte. Par un effort conscient, je contraignis ce fatras grisâtre à me distraire de mes préoccupations. Je me mis à compter les poupées, les peignes, les cendriers, un à un, donnant forme à l'instant, me libérant de l'image de ma mère. Si je devais me réveiller en enfer, songeai-je, je me réveillerais au milieu de ce bric-à-brac.

Bruce et moi nous nous mîmes en route, tous les journaux disponibles fourrés dans nos sacs. Le soleil s'était levé. Nous vacillions. Dès nos premiers pas, nous soufflions comme des phoques et gesticulions pour chasser les taons qui s'étaient agglutinés sous les arbres — « à croire qu'ils nous attendaient », marmonna Bruce. Seuls les oiseaux, qui stupidement s'égosillaient et jacassaient dans les sycomores, étaient indifférents à la chaleur. Bruce me quitta pour commencer sa tournée. Le dimanche, en raison du format et aussi du grand nombre de journaux, nous étions contraints de nous réaprovisionner à des dépôts répartis sur les trottoirs de tout le village, à certains carrefours. Pour alimenter ces dépôts, Mr. Quigley s'était offert, à une vente aux enchères organisée par la police, une Harley-Davidson d'occasion équipée d'un side-car, qui l'aidait à assouvir quelque enivrant fantasme déjà amplifié par la casquette d'aviateur dont il s'affublait, oreillettes comprises, pareille à celle de Lindbergh, et par le blouson d'officier de l'armée de l'air qu'il endossait même par les temps les plus chauds. À l'exception de la bière, l'alcool était prohibé dans le comté, et tout le monde savait qu'il utilisait aussi l'habitacle de sa motocyclette pour transporter l'alcool de contrebande, la plus lucrative de ses petites magouilles. Le système dominical des dépôts, à l'inverse de notre routine journalière durant la semaine, nous contraignait, nous les petits livreurs, à faire preuve d'une célérité absurde, dans la mesure où, bien que le village fût la localité la plus sûre qui puisse s'imaginer (fermer ses portes à clef eût été insulter les voisins), Mr. Quigley vivait dans la hantise d'être volé et en conséquence ne laissait jamais aucun de ses dépôts sans surveillance. Se consumant d'impatience, il montait la garde devant la pile de journaux — avec, dans sa tenue paramilitaire élimée, l'air prêt à tuer — jusqu'au moment où l'un de nous arrivait, d'ordinaire en courant, pour de nouveau remplir son sac. Au-delà d'un certain nombre de minutes de retard — un nombre variable, si ma mémoire est bonne, et arbitrairement fixé selon son caprice — nous étions pénalisés de cinq ou dix cents. Un tel homme ne pouvait échapper au meurtre que dans une période d'effondrement économique. Le passage des ans m'a permis de juger Mr. Quigley avec une tolérance impossible pour moi à l'époque quand, n'ayant jamais lu Dickens ni Dostoïevski ni même un ouvrage élémentaire de psychopathologie, j'étais incapable de voir en lui un de ces pitoyables petits autocrates qui d'ordinaire exploitent et terrorisent les enfants et d'impuissants subalternes. Un être digne de mépris, sans nul doute, mais non de haine. L'idée que probablement il était plus ou moins timbré m'est également venue à l'esprit, et peut-être cela aurait-il dû, dans une certaine mesure, me paraître une circonstance atténuante. Mais j'avais treize ans et j'étais déchiré. Ce matin-là, je ne souhaitais vraiment qu'une chose, le voir mort. Je me sentais rôtir. Comme, tout essoufflé, je me hâtais vers un des rendez-vous en traînant mon sac vide, je le vis qui m'attendait, le pied posé sur ma pile de journaux, consultant sa montre d'un air menaçant. Un des chiens que je connaissais sur mon trajet, une vieille chienne beagle aux yeux chassieux que je m'arrêtais parfois pour gratter, avait secoué sa torpeur et me suivait à pas feutrés, bajoues pendantes. Je le savais, j'allais être pénalisé de cinq cents, peut-être de dix. Ce fut dix.

« Je laisse tomber », dis-je. J'étais stupéfait. Les mots avaient jailli avec la spontanéité d'un aïe ! de douleur.

« Qu'as-tu dis ?

— Je laisse tomber, répétai-je.

— Comment ça, tu laisses tomber ? dit-il. Quand ça ?

— À l'instant même », rétorquai-je. Déjà l'indignation me martelait les tempes, et mes propos se faisaient de plus en plus incohérents. « À l'instant même. Vous m'avez rogné dix cents un jour comme celui-ci, alors qu'il fait si chaud que j'ai peine à mettre un pied devant l'autre — je laisse tomber sur-le-champ ! » Ma voix se faisait plus aiguë. Je restais stupéfait. Soudain l'idée me traversa l'esprit : Seigneur, mais c'est *moi*, moi qui ose lui répondre avec insolence. « Je n'ai que faire de votre argent, vous entendez ? » Je commençais à m'éloigner, laissant derrière moi la motocyclette qui tournait au ralenti, me rappelant le mépris avec lequel mon père avait décrit Mr. Quigley, qu'il avait rencontré une ou deux fois, toujours avec une réaction d'extrême répugnance. « Espèce de maudit homuncule, lançai-je.

— Hé, reviens, Whitehurst ! » me somma-t-il. Je me retournai à demi et lui rendis son regard furibond. « Tu me traites de pédé ? fit-il.

— Je vous traite d'escroc et de tyran, répliquai-je. Fichez-moi la paix ! » Je me détournai à nouveau, commençai à m'éloigner.

« Allons, Whitehurst, sacré bon sang, écoute, reviens. » Une note conciliante s'était glissée dans sa voix, en même temps qu'un soupçon de panique, car non seulement je le laissais dans le pétrin avec plusieurs douzaines de journaux sur les bras, mais je déclenchais une révolte qui sans doute était la première qu'il affrontait de sa vie. Je crois que personne ne l'avait jamais laissé en plan. C'était mauvais pour son image de chef d'entreprise, me dis-je beaucoup plus tard, et sans doute cela provoqua-t-il la volte-face, brusque comme la foudre, qui le poussa à se précipiter à mes trousses et à m'empoigner par le bras, en marmonnant d'une voix pressante : « Écoute, je retire tout ce que j'ai dit. C'était rien qu'une plaisanterie, Whitehurst. Je ne te rognerai pas un seul sou. Alors, tu vas me prendre ces journaux et continuer ta tournée, compris ? Quand tu auras fini et que tu rentreras au magasin, toi et moi on s'assoira tranquillement et on aura un brin de conversation, d'homme à homme. Au sujet de tes dettes et tout. Je suis un homme raisonnable. On se partagera un ou deux Coca-Cola. J'aurais dû tenir compte de la chaleur et tout, et voilà pourquoi je retire tout ce que j'ai dit, tu entends ? »

Je capitulai, comme frappé de stupeur. Sans rien dire, je m'approchai de la pile de journaux, qu'à grand-peine je fourrai dans mon sac, après quoi je hissai le fardeau sur mon épaule et, laissant derrière moi Mr. Quigley, me dirigeai vers une rangée de perrons et de vérandas qui déjà commençaient à accrocher la cruelle et dure lumière du matin. Le beagle m'emboîta le pas quelques instants, puis rebroussa chemin en trottinant.

Sa dangereuse introversion ? Addy, ma chère, ce que tu es en train de dire est grotesque. Comment ce genre de chose pourrait-il être un danger ? Donc tu trouves un petit billet de ce genre écrit de sa main et laissé sur la table de sa chambre. Ça aussi, tu penses que c'est dangereux ?

Oui, franchement, je le pense, pour un garçon de douze ans.

Et aurais-tu l'obligeance de me dire à nouveau avec précision ce qui était écrit dans ce billet ?

Il l'avait laissé là et était sorti. J'étais entrée avec Florence pour mettre de l'ordre et c'est alors que je l'ai vu. Il disait, comme j'avais commencé à te le dire : « Je veux — et puis le verbe, qui commence par un b et se termine par r — je veux, un blanc, Lilly Fletcher. » C'est tout.

Tu ne peux toujours pas prononcer le mot. À ton âge.

Non, je ne peux pas.

Qui est Lilly Fletcher ?

Une de ses camarades de classe.

Est-elle jolie ?

Jefferson ! Qu'est-ce que cela y change ? Mais voici ma question, pourquoi le gosse irait-il écrire un billet comme celui-ci, et deuxièmement, pourquoi le laisserait-il traîner sur une table pour que toi ou moi ou n'importe qui puisse le voir ?

Peut-être a-t-il trouvé sexuellement excitant d'écrire ce genre de billet, une façon d'exprimer son moi sexuel.

Moi sexuel ? Il vient tout juste d'avoir douze ans, pour l'amour du ciel !

Le docteur Freud, de ta ville favorite, affirme que nous avons tous un moi sexuel quelques semaines après notre naissance.

Ne plaisante pas, Jeff. Par ailleurs, pourquoi irait-il laisser le billet traîner — non, l'exhiber peut-être — de cette façon ?

Qui sait ? Peut-être lui est-il tout simplement sorti de l'esprit. Peut-être a-t-il pensé que nous pourrions le trouver excitant, toi ou moi, si nous venions à tomber dessus. Ou Lilly Fletcher.

Tu deviens scandaleux, Jeff ! C'est abominable !

Et comme d'habitude tu es d'un puritanisme ennuyeux ! La belle affaire s'il avait trouvé ce mot, et le fait de l'écrire conjointement avec le nom de Lilly Fletcher, sexuellement excitant. Incidemment, il se prononce « baiser » et j'aurais tant de fois aimé, au bon vieux temps, te le dire, te dire « baise-moi baise-moi », et t'entendre me dire avec joie la même chose ! Mais jamais je n'ai pu...

Jeff ! Non !

Si jamais...

Non. Non, Jeff. Je n'y peux rien si...

Je suis désolé, Addy.

Je t'en supplie, ne reviens pas encore une fois là-dessus. Ça fait mal. Ne dis pas « le bon vieux temps ».

Je suis désolé, ma chère Addy. Pardonne-moi. C'était moche de ma part...

Je suppose que je continue à respecter les réserves du langage, une bizarrerie vieux jeu de ma part.

Non, seulement je n'ai jamais été capable de concilier ton engouement pour certains écrivains modernes — James T. Farrell, par exemple, et Hemingway — avec, si tu veux bien me pardonner, ma chère, cette indubitable pudibonderie.

Nous parlions du petit, Jeff.

Oui ?

Ce n'est pas uniquement le côté sexuel. C'est ce repli dans une forme de solitude, cette introversion dont je parlais. Il est tellement seul la plupart du temps ; il choisit de l'être. Non que cela me déplaise de le voir lire autant, adorer les livres comme il le fait. Et je sais qu'il aime beaucoup le football, suivre les matches du moins. Je ne crois pas qu'il manque de virilité. Mais je m'inquiète de le voir se glisser dans sa coquille, de ces heures et ces heures de solitude. Je redoute l'idée qu'il risque de perdre contact avec la réalité...

Il se pourrait que la réalité soit de temps à autre plus qu'il ne peut en supporter. Pourquoi pas ? Pour moi, elle l'est.

Que veux-tu dire — quelle réalité ?

Je ne saurais dire. Je me suis remis à lire Kant. Quand j'aurai terminé, peut-être cette fois serai-je capable de te le dire.
Je t'aime, Jeff. J'aime notre enfant. Je l'aime tant.
Pardonne-moi d'avoir élevé la voix, Addy.

Je longeais les maisons qui bordaient mon parcours, les yeux fixés sur les trottoirs, sans jamais m'arrêter pour déposer un journal sur le seuil. Le village s'éveillait, les plus matinaux circulant à pas lourds dans les pièces du bas. Des chasses d'eau se déclenchaient, j'entendais çà et là le gargouillis d'une baignoire ; une odeur de café et de pain chaud me chamboulait l'estomac. Je cheminais pesamment. La bretelle du sac, toujours aussi tendue sous le poids du fardeau, me mordait la chair, mais je sentais à peine le frottement. Dans mon désir intense d'atteindre mon but, le poids mort de tout ce papier journal qui, les autres dimanches, me paraissait être de la fonte, avait une étrange apesanteur, comme si l'excessif fardeau lui-même contribuait à me faire presser le pas. À l'église épiscopale, le sacristain, un vieux Noir vêtu d'une salopette, occupé à asperger au jet un parterre bigarré de dahlias et de marguerites, leva une paume rose en guise de salut puis, comme ce dimanche-là j'omettais de le lui rendre, roula lentement des yeux lourds de perplexité. Le fleuve apparut, gris-bleu, miroitant, un immense estuaire si large que la rive opposée n'était qu'un mince ruban horizontal, une ligne de verdure floue frissonnant comme un mirage dans le lointain moite. Je poursuivis avec peine mon chemin vers la grève, traversant une langue spongieuse de marécage qui imbiba mes tennis. Puis je gravis laborieusement une pente sablonneuse, pour enfin atteindre la jetée. La jetée ! Ma seconde résidence d'été, mon antre favori, mon club, ma Riviera, mon salut. Je m'allongeai sur un assemblage de poutres incrustées de bernaches, long de trente mètres, aboutissant à une plate-forme d'où, à marée basse, nous nous mettions à l'eau pour nager et, à marée haute, plongions comme des pélicans, piquant dans l'eau trouble qui, à longueur d'été, était aussi chaude que dans l'estuaire de l'Amazone. C'était comme un bain du samedi soir, mais un peu moins propre, car situé quelques miles en amont tout au plus de l'immense chantier naval et de ses effluents fétides auxquels s'ajoutaient d'autres effluents qui, rejetés par la ville et les villages, charriaient d'étranges choses ; un poisson transparent et distendu, qui dérivait à quelques centimètres de mon nez, n'était autre, je m'en rendis compte avec écœurement bien après, qu'un préservatif poursuivant paresseusement sa route vers Richmond, mission accomplie. Les préoccupations sanitaires de l'époque cessaient au bord de l'eau ; tout le monde se baignait dans les eaux sales de la James, et j'en faisais autant. Le soleil m'incitait à émerger du cocon solitaire de ma chambre et, cet été-là, j'avais passé presque toutes mes journées à la jetée, plongé dans le bouillon saumâtre ou, sanglé dans mon maillot de Lastex blanc, vautré à plat ventre sur les planches, feuilletant distraitement le troisième volume du *R.E. Lee* de Freeman.

Ce dimanche matin, la jetée était pratiquement déserte. Sur l'appontement situé au milieu, deux petits Noirs d'environ mon âge pêchaient des tourteaux. Il leur était interdit de plonger de la jetée, mais ils pouvaient pêcher à loisir. Ils étaient accroupis, immobiles, au-dessus de leurs ficelles qui pendillaient ; la puanteur de leurs appâts, des cous de poulet faisandés, montait comme un mur de vapeur fétide que, retenant mon souffle, je me hâtai de franchir. Puis, enfin, le bout de la jetée. Parfois mes souvenirs d'enfance semblent non pas encadrés par les yeux de l'enfant, mais comme reflétés dans le viseur d'une caméra entraînée en arrière par l'un de ces engins merveilleusement libres d'entraves, une perche ou une grue, qui permettent à l'objet — en l'occurrence moi-même, débarrassant son épaule de l'infâme sac — de paraître distant de deux mètres, penché en avant d'environ la hauteur d'un basketteur gigantesque. L'œil englobe davantage ainsi : pas uniquement les journaux, chacun pesant un bon kilo, soulevés et précipités un à un dans le fleuve, mais le petit garçon tremblant de fureur et d'épuisement, les jambes maigres et brûlées par le soleil se démenant avec fureur, les tendons du cou frêle crispés à se rompre tandis que, l'un après l'autre, les journaux sont extirpés du sac, soulevés, noyés. Un journal du dimanche surnage quelques instants. Je me souviens comment chaque journal semblait tout d'abord dériver avec une sorte d'assurance hautaine, mais, aussitôt après, barbouillait l'eau, virait du blanc au gris cadavérique, pour enfin disparaître englouti, s'effeuillant par couches comme une plante aquatique malade. Je fus tenté de plonger à leur suite pour calmer la chaleur qui sévissait autour de moi et pour apaiser, ou du moins oublier, le sentiment de malheur qui de nouveau m'assaillait ; mais nager au milieu de ces pages de journal en pleine désintégration, qui me cherchaient à l'aveuglette, de ces gros titres, de ces pages illustrées en décomposition, c'était trop affreux. Aussi avançai-je jusqu'au milieu de la jetée, tout près de l'endroit où les deux petits Noirs pêchaient le crabe, me débarrassai de mes vêtements et me laissai glisser dans l'eau pour une petite trempette. Puis, tandis que le soleil se faisait plus haut, je rebroussai chemin pour traverser le village et regagner la maison.

« Il est bien tôt, docteur Taliaferro, entendis-je Papa dire par la fenêtre de la salle de séjour, vraiment bien tôt. Vous n'auriez pas dû faire une chose pareille. C'est une mission inutile.

— Jeff, vous n'en pensez pas un mot, j'espère, répondit la voix du docteur Taliaferro. Si je suis ici, ce n'est pas pour vous offrir quoi que ce soit, sinon ma présence. Je veux aider de mon mieux.

— Je vais vous dire ce que vous pouvez faire pour aider. Allez vous chercher un verre sur le buffet tandis que j'essaie de sortir... la glace... de... ce fichu bac... sans... me trancher la main ! Alors vous pourrez vous joindre à moi pendant que je m'offrirai une autre lampée de Old Crow.

— Quelque chose de moins fort, Jeff? Si vous voulez bien me dire où ça se trouve.

— Dans la cuisine. Dans le réfrigérateur. Demandez à Florence. Je crois qu'elle est de retour. Elle vous dénichera une ginger ale ou autre chose. » Suivit un instant de silence. « Delphine, que diriez-vous d'un peu de *taïj*. Un peu de *taïj* glacé. C'est ainsi qu'on dit en Angleterre. Un doigt de *taïj*, chère madame ? »

Une femme répondit dans un murmure, si doux que les mots m'échappèrent. Je devinais que Papa était un peu ivre, et j'éprouvais un regain d'inquiétude. Il ne buvait que très rarement, mais quand il buvait — grand Dieu, gare ! En réalité, il était incapable de tenir le whisky avec distinction, ce qui peut-être explique pourquoi il ne buvait que rarement ; je le savais, ce n'étaient pas des scrupules moraux ou religieux qui le faisaient s'abstenir de boire. Peut-être tout simplement avait-il conscience qu'une simple gorgée d'alcool suffisait à le rendre volubile et indélicat, teintait son humour de maladresse, déliait sa langue de façon très agressive, et le poussait à parler comme il le faisait maintenant, sur un ton aigu et mordant. Il s'adressait au docteur Harrison Taliaferro, pasteur de la Première Église presbytérienne. Le nom se prononçait Tolliver, une de ces antiques mutations de Virginie qui avaient tant amusé ma mère (de même que le Sclater qui était devenu Slaughter, St. John mué en Sinjin, Montague amputé de ses voyelles finales pour rimer avec Sontag), presque autant que m'avaient amusé l'onctueux baryton du révérend et, en chaire, son style de vedette vieillissante. Il nous faisait souvent nous tordre de rire — nous, petits singes pubescents qui, assis sur le banc du fond, ne pouvions nous retenir de glousser sottement, dilations nos narines, crispions les mâchoires, tournions nos paumes vers le ciel en guise de pieuse prière à l'unisson de la sienne, sans écouter un seul mot de ces ardents sermons marathons prêchés sous l'arche de la légende plaquée or de l'Évangile : METTEZ EN PRATIQUE LA PAROLE, NE VOUS CONTENTEZ PAS DE L'ÉCOUTER. À ma connaissance, il n'était jamais venu chez nous, mais il était bel et bien là, Nelson Eddy en personne. Je l'apercevais par la fenêtre, assis à côté de son épouse à la poitrine généreuse — maternelle, tripotant un gros sac à motifs floraux — qui ne quittait pas mon père des yeux. Elle avait une expression chiffonnée et moite, teintée d'inquiétude. Quelques secondes plus tôt, sans doute était-ce du chagrin, c'était maintenant de la réprobation. De l'indignation.

« Ainsi pas de *taïj* ? poursuivit mon père. Puis-je persévérer dans mon effort pour expliquer pourquoi je suis un hypocrite ?

— Jeff, je vous en prie, protesta le révérend, vous vivez un moment affreux. Vous ne devez pas vous sentir obligé de vous délivrer d'un fardeau.

— Je ne cherche pas à me délivrer, docteur Taliaferro, coupa-t-il. Depuis quand la vérité est-elle un fardeau pour un homme honnête ? Et je crois pouvoir me prétendre honnête. Pour la plupart, les autres vertus me font passablement défaut. Mais je vous le dis, docteur, il n'est ni facile ni très amusant d'être un bon hypocrite, surtout si l'on est honnête. Le banal hypocrite malhonnête — et je dirais que l'espèce constitue une substantielle majorité de votre congrégation — ne trouve en réalité rien à redire à tous les oripeaux frauduleux de la religion, les cérémonies inutiles, les vanités cérémonielles, les doucereuses absurdités de ce rituel que l'on appelle culte. Métaphoriquement parlant, il dévore ces friandises moralisatrices parce qu'elles flattent, non pas son âme, mais son ego. Elles titillent la partie la plus sensible de son palais, à savoir son amour-propre. Tout au fond de lui-même, il sait à quel point toute cette obséquiosité obscène est creuse et fausse, mais, voyez-vous, lui est un hypocrite malhonnête et, en conséquence, il n'en éprouve aucune souffrance. Par ailleurs, moi, étant un hypocrite *honnête* — autrement dit pas un fieffé idiot, révérend —, j'ai, en gros, durant toute la décennie de mon concours à votre commerce — pardon, à votre temple —, éprouvé une extrême détresse. Et ce, aussi bien assis le dimanche à absorber votre incomparable sagesse, ou à enseigner à une classe de catéchisme, comme cela m'est arrivé tant de fois, le fait extraordinairement fascinant qu'il est dit dans le Deutéronome : « tu ne laboureras pas en même temps avec un bœuf et un âne » — et, dans mon cœur, j'imprimais une petite distorsion personnelle à ces mots « labourer » et « âne » — que le mercredi soir à l'assemblée des diacres où, deux heures durant, l'ennui me torturait le corps, et la banalité chrétienne l'esprit. J'ai ressenti de la douleur. J'ai vécu — pardonnez-moi la comparaison — un véritable calvaire. »

Il y eut un silence. « Je hais votre abominable religion ! » Il hésita de nouveau, puis reprit, plus posément : « Vous m'avez toujours témoigné tous les deux une totale bienveillance. Je regrette de ne pas vous avoir mieux connus. Mais, maintenant, j'apprécierais beaucoup que vous quittiez cette maison. Pourtant, je vous en prie, avant, buvez quelque chose pour vous rafraîchir. Nous pouvons parler d'autres sujets. Je sais que vous êtes un passionné de base-ball, docteur. Qui a remporté le championnat en division nationale cette année ? »

Le silence était absolu. Le révérend et sa femme n'étaient pas seulement muets de stupéfaction, mais pétrifiés, toujours immobiles sur leurs sièges. Tandis que Papa parlait, je m'étais attardé à la lisière de la pelouse, au bord du trottoir, près du panneau ZONE DE SILENCE installé deux semaines auparavant sur ordre du shérif. Comme Papa gardait maintenant le silence, je m'éloignai du panneau, quittai le rectangle frais de son ombre et traversai la pelouse pour gagner la maison. Pourtant je n'osais toujours pas entrer. Je m'arrêtai hésitant sur la petite véranda de devant, observant le trio assis dans la salle de séjour. Ainsi entrevus à travers les ombres du matin, ils ressemblaient à des effigies : Papa, en manches de chemise, appuyé au manteau de la cheminée, un verre à la main, contemplant d'un regard sombre le plancher ; sur le canapé, le docteur Taliaferro, l'air d'avoir vu le diable, un loup-garou, une chauve-souris enragée ; sa femme assise à côté de lui, ses yeux implorant une délivrance immédiate, retenant à grand-peine son souffle tandis que ses lèvres esquissaient le cercle presque parfait d'un « O ! » muet.

Finalement le révérend parla, avec un bizarre chuintement dénué de force. « Vous avez toujours été un homme ferme et dévoué à l'Église, Jeff. Comment pouvez-vous dire des choses pareilles ? Pourquoi ?

— Parce que *j'exècre* Dieu, à supposer qu'il existe. »

Il y eut un sifflement, Mrs. Taliaferro relâchait son souffle. Je l'entendis murmurer : « Ô, de grâce, mon Dieu.

— Jeff ! s'exclama le docteur Taliaferro. Ô Jeff !

— De grâce, mon Dieu, murmura de nouveau sa femme.

— De même que je n'ai nullement foi en le seul fils qu'il ait engendré, Notre Seigneur et Sauveur Jésus-Christ.

— Oh, non, filtra de nouveau le murmure de la femme.

— Jeff. Jeff. Jeff. » Je vis que le révérend tremblait.

Au bout de quelques instants, Papa reprit d'une voix lente : « Il y a environ une heure, quand cette perle que vous avez rencontrée, Miss Slocum, m'a réveillé pour me dire qu'Adelaide avait sombré dans le coma, j'ai ressenti un soulagement comme jamais je n'en avais éprouvé.

Depuis plusieurs années, il ne s'est pas écoulé un seul jour sans qu'elle endure la souffrance. Ces dernières semaines, cette souffrance a été atroce, malgré les analgésiques mis au point par la médecine moderne pour calmer des tortures comme les siennes. Et depuis quelques jours cette souffrance... » Il hésita un instant, passa ses doigts sur son front, puis poursuivit : « Que puis-je dire ? Jamais je n'aurais cru qu'un être humain puisse supporter pareille torture. Ce dernier week-end, il ne s'est pas passé une heure sans que je désire ardemment avoir une arme pour lui épargner tout ça.

— Ô Seigneur, fit Mrs. Taliaferro dans un souffle.

— Si le Seigneur donne, ce que je vous ai entendu dire à un enterrement il n'y a pas si longtemps, et si le Seigneur reprend, ce que je vous ai également entendu proclamer avec une acceptation tellement ferme, le Seigneur n'est-il pas responsable de ce qui arrive dans le laps de temps entre le moment où il donne et celui où il reprend ? N'est-il pas responsable, je vous le demande, des souffrances monstrueuses d'Addy ? *Maudit* soit le nom du Seigneur !

— Je vous en supplie ! » J'entendis le petit gémissement affolé de Mrs. Taliaferro. « Assez ! » Elle s'écartait de mon père maintenant, se rencognait contre les coussins comme pour fuir un serpent. « Je ne peux pas supporter ça ! »

Le docteur Taliaferro se leva, avança une main. « Jeff, vous avez perdu la tête ! Je vous en prie, essayez de ne pas en dire plus pour le moment ! Pour l'amour de Dieu, assez de blasphèmes ! »

Malheureux, je voulais arrêter mon père — non à cause de ce qu'il disait, mais de crainte qu'il finisse par dérailler et disparaître dans l'espace. Mais je ne savais que faire. Je ne pouvais pas intervenir, d'autre part je ne pouvais non plus rester pour en entendre davantage. J'étais brusquement submergé par une lassitude fiévreuse, et je gardais de mon bain une moiteur de sable poisseuse. Je brûlais d'envie de monter dans ma chambre pour me jeter sur mon lit, mais, je ne sais pourquoi, je répugnais à révéler ma présence au milieu de cette prise de bec hystérique. Aussi décidai-je d'aller faire un tour en attendant que les Taliaferro s'en aillent, et j'esquissais déjà un geste pour m'éclipser quand la voix de mon père — brouillée par un accent vaguement menaçant que j'avais rarement entendu sauf quand l'alcool déverrouillait le placard où il enfermait ses démons — me fit sursauter, me figea sur place, me fit pivoter comme une toupie. Un instant je crus qu'il en était venu à empoigner le docteur Taliaferro par les revers de son complet Palm Beach beige. Mais mes yeux avaient été mystifiés. Pourtant il s'était approché si près du révérend — visage contre visage — que j'aurais juré qu'ils se soufflaient dans le nez, et je vis un filet de sa boisson dégouliner sur son poignet, tombant goutte à goutte sur la manche beige immaculée. Je pensai : On dirait que le pasteur va s'évanouir.

« Docteur Taliaferro, Arthur Schopenhauer vous est-il familier ? dit Papa.

— Oui... oui, bafouilla le pasteur, il me semble. Un philosophe athée. J'ai entendu parler de lui quand je faisais mes études au séminaire, il y a des années.

— Lucrèce ? Voltaire ? Montaigne ? Bertrand Russell ? Nietzsche ?

— Oui. Tous des athées. Surtout le dernier.

— Je veux seulement dire ceci, docteur, avant de vous prier une fois encore de partir. Je veux dire qu'au cours des huit ou dix années où j'ai officié comme l'un de vos diacres, j'ai passé d'innombrables heures à l'étage, dans le petit cagibi que j'appelle mon cabinet de travail, à lire les écrits de ces hommes. Je suis quelqu'un de médiocrement cultivé, avec une formation d'ingénieur, mais je me suis colleté à ces penseurs, en m'efforçant de comprendre leur conception de l'existence humaine. J'ai appris à lire un peu de français, et l'allemand passablement bien, c'est dire à quel point certains de ces hommes m'ont influencé. En réalité aucun n'offre beaucoup d'espoir à l'humanité ; pour eux, le cours de la destinée humaine est quelque chose d'inexplicable fait de luttes et de souffrances. Ou débordant d'aveugles énergies perverses utilisées surtout pour tromper l'ennui. Un point de vue démoralisant. Mais c'est la vérité telle qu'ils l'ont perçue. Ha ! »

Papa hésita quelques instants, but une gorgée de son verre, puis, toujours foudroyant le révérend du regard, poursuivit : « Entre-temps votre diacre, celui aux yeux pétillants de malice, aidait à célébrer la Sainte Communion, parcourant les nefs latérales avec des petites rondelles de pain consacré et des petits dés à coudre de jus de raisin pour honorer l'Eucharistie, bien que, s'il faut qu'éclate la vérité, je n'escomptais d'autre plaisir, en réalité, que celui de lorgner les genoux nus de certaines des plus jolies paroissiennes. Vous n'avez pas idée, docteur Taliaferro, à quel point inconsciemment provocantes étaient parfois celles pourvues de pareils genoux. Rigoureusement vrai, Delphine. » Il jeta un coup d'œil sur Mrs. Taliaferro, dont le visage, figé et plutôt hagard, avait la pâleur d'une pomme de terre épluchée. « Mais quand je n'étais pas obsédé par ce genre de manigance, enchaîna-t-il, j'étais torturé par un doute perpétuel. J'ai si souvent remis en cause ma propre intégrité, me demandant comment un homme aussi sceptique que moi pouvait servir une institution et souscrire à une foi coupable de tant de fausses promesses de félicité, ici-bas et dans l'autre monde. Désormais je n'ai plus le moindre doute sur mon doute. Dans l'incompréhensibilité de l'agonie de ma femme, j'ai trouvé, si l'on peut dire, une atroce réponse. S'il existe un Dieu, il ne se soucie nullement de l'humanité. Je refuse de croire en un tel Dieu ! Si ce Dieu existe, dans ce cas je l'abhorre ! Je vous en prie, maintenant partez. Je dois monter et rester avec Addy.

— Jeff, oh, Jeff, s'exclama le pasteur, vous n'êtes pas le premier chrétien à mettre en doute la sagesse de Dieu ni l'insondable mystère de ses voies face à une affliction profonde. Mais, toujours, il y a ce merveilleux retour à la foi...

— Assez ! s'écria mon père. Assez ! Je vous en prie, fichez-moi le camp ! Stupide, prétentieux charlatan que vous êtes ! » Le verre lui glissa des doigts et sans bruit heurta le tapis, ratant d'un cheveu les chaussures marron et blanc à bouts renforcés. « Nietzsche a dit en un mot ce qu'il fallait penser d'hommes tels que vous. Vous me donnez envie de me foutre de tout. »

Je m'enfuis. Je m'enfuis à toutes jambes. Tout, pour échapper à cette querelle. Je courais, en proie à une brusque panique, pour fuir la petite maison que j'aimais, ensevelie sous sa sinistre détresse. Je dévalai une rue ombragée de sycomores, écoutant le *clac-clac* de mes tennis sur le trottoir, courant dans la chaleur étouffante jusqu'au moment où la chaleur elle-même, telle une épaisse fourrure, me contraignit à une marche indolente. Le village s'éveillait. Déjà les radios sentinelles braillaient par les fenêtres ouvertes. Un quelconque prêcheur se mettant à l'œuvre, j'entendis des alléluias. L'air commençait à regorger des gazouillis et de la cacophonie des dimanches — chœurs des classes de catéchisme, grandes orgues, hymnes baptistes, hymnes des prédicateurs. Je remontai sans but une rue pommelée de lumière, puis en descendis une autre, un vrai somnambule ; jamais je ne m'étais senti aussi fatigué. Comme tous les dimanches, une formation de forteresses volantes de la base militaire survola très bas le village dans un vrombissement, le bruit des moteurs, d'abord un marmonnement compact, s'enflant en un vacarme qui torturait les tympans, assourdis. Un long moment, les avions obscurcirent le soleil et les sycomores frémirent sous une avalanche de vibrations. Je fis halte et demeurai immobile, scrutant le ciel à travers les ombres projetées par les ailes, dans l'attente du passage de l'escadrille. Dans une brève hallucination, vivante et nullement angoissante, je vis les appareils transformés : un vol de bombardiers nazis lâchant leurs bombes sur le village, puis disparaissant comme des oiseaux.

Je ne te taquine pas, Jeff. Tu auras envie d'épouser une femme comme Martha Flanders. C'est une grande beauté.

Pas aussi belle que toi, ma chérie. Mais ne parlons pas de cette...

Elle n'a d'yeux que pour toi, je le sais. Elle a des jambes magnifiques. Je l'ai vue en maillot de bain. Une divorcée très coquine. Je suis certaine qu'elle te voudra.

Addy, ma chère, parlons d'autre chose.

Je me remis en route et aperçus Bruce Watkins qui, à l'autre bout de la rue, venait à ma rencontre, une canne à pêche sur l'épaule. Il avait troqué le pantalon qu'il mettait pour faire sa tournée contre un short de bain et un T-shirt, et une expression inquiète marquait son visage.

« Par tous les diables, Paul ! dit-il. Où étais-tu passé ? Le vieux Quigley est à deux doigts de perdre la boule à force de se demander où tu avais filé.

— Je m'en fiche, répondis-je.

— Qu'est-ce qui s'est passé ?

— Rien, dis-je. J'en ai eu marre.

— Que sont devenus tes journaux ? »

Comme je ne répondais rien et poursuivais ma route, Bruce reprit : « Le vieux Quigley a piqué une vraie crise. Il a commencé par se mettre en colère, puis, disons qu'il a fini par avoir peur. Il disait : " Vous vous rendez compte d'une histoire, un de mes employés se fait kidnapper et... "

— Je m'en fiche », coupai-je. Je rebroussai chemin. Quelque chose me poussait à regagner la maison. Bruce me héla de nouveau, mais ses paroles m'échappèrent. Son cri me poursuivit durant toute la fantasmagorie de la matinée, un paysage à l'étrangeté accrue par mon extrême fatigue mêlée de panique et par mes yeux irrités et flous qui transformaient le familier en bizarre : un épagneul pantelant sur un perron, en fauve de zoo au regard mauvais, des parterres fleuris, en une tache floue de Technicolor, des arroseurs de pelouse, en grandioses jets d'eau. Une fois, dans ma semi-transe, mon gros orteil buta contre la boursouflure du trottoir et je faillis m'étaler dans l'herbe.

Puis, à l'instant même où j'atteignais la maison et posais le pied sur la pelouse, j'entendis ma mère chanter. Je m'arrêtai. Des frissons répétés me parcoururent au son de cet hymne qui, clair et radieux, s'élevait dans l'air tranquille, empreint d'une force et d'une certitude intactes, toujours aussi incantatoire par la façon dont il exprimait son message d'amour et de louange. Maman va vivre, me dis-je fébrilement. Elle a quitté son lit. Elle chante. Elle va guérir, comme Florence l'avait prédit.

Ist auf deinem Psalter,
Vater der Lie-be...

Pourtant, l'instant de stupéfiante joie dans lequel je m'étais retrouvé libre était, comme la voix elle-même, une illusion, ce dont je me rendis compte presque aussitôt, pressentant la stupidité de mon espérance et mon erreur. Car pourquoi un chœur d'hommes accompagnerait-il ma mère, comme il le faisait maintenant, et aussi un orchestre ? L'espoir s'évanouit, disparut. J'entrai dans la maison, traversai la salle de séjour et suivis le couloir pour gagner le sanctuaire de ma mère, d'où provenait la musique, et alors je perçus le *tic-tic* familier du disque usé tournant sur la platine du phonographe. Je me faufilai dans la petite salle de musique, en m'efforçant de ne pas faire de bruit. Mon père était là, debout, une main appuyée contre le mur, contemplant d'un regard pensif la pelouse inondée de soleil et les parterres de fleurs, tandis que, nasillante, l'aiguille d'acier grignotait les sillons du disque, laissant la pièce s'emplir du dernier passage de Brahms, poussé au maximum, de sorte que les sonorités de l'hymne, enveloppant tout — les bustes de Schubert, Brahms et Beethoven, les portraits des grands virtuoses, l'image de ma mère elle-même, figée dans une lueur d'allégresse évanouie —, me secouèrent de nouveau avec une férocité telle qu'un instant j'eus l'illusion de la voir, là, assise au piano près de la fenêtre, sa voix s'élevant triomphante comme autrefois il y avait si longtemps. Mais ce fut alors que le disque s'arrêta, et Papa souleva l'aiguille.

« Paul, mon petit, dit-il, où étais-tu passé ? Tu as l'air si fatigué. Ça ne va pas ? Tu as la fièvre ? Il faut que tu ailles dormir.

— Je me suis attardé à la jetée, Papa, répondis-je. Je ne voulais pas rentrer tout de suite à la maison.

— Hier elle voulait que je lui passe ce disque, expliqua-t-il, mais je n'ai pas pu. Je crois que j'ai oublié. De toute manière je voulais le lui passer. C'est Lotte Lehmanm. Sa chanteuse favorite, tu sais. » Sa voix était voilée par le léger enrouement d'une immense fatigue. Il chancela et porta ses doigts secoués de contractions à son visage, ce qui m'inquiéta. Puis, d'un geste nerveux, il passa ses doigts sur ses lèvres comme je l'avais vu faire lors de ses crises, une pantomime à la fois sournoise et gauche, dans l'espoir de masquer l'odeur de l'alcool. Il ne devrait pas boire, me dis-je à nouveau, même maintenant, malgré tout ça. Redoutant comme toujours de tels moments, j'eus un mouvement de recul, non par suite d'une menace ou par crainte d'une scène, mais parce que dans son nouveau déguisement, celui d'un inconnu, il était imprévisible et nullement paternel, un monstre. Au même instant, comme pour illustrer le comportement bizarre qui m'effrayait et me donnait envie de le fuir, il s'affala à genoux devant moi sur le plancher et m'entoura la taille de ses bras, m'attirant contre lui et plaquant son visage contre mon épaule. L'étreinte impétueuse, presque sauvage — sa violente bouffée d'émotion —, me prit au dépourvu et m'arracha un gémissement étouffé. À genoux, il se cramponnait à moi comme un homme en passe de se noyer et, pendant de longues secondes, il parut sur le point de me faire perdre l'équilibre ; puis soudain il me relâcha et, soulagé de me sentir libre, je me reculai et contemplai sa fureur et sa douleur.

« Paul, mon petit, s'écria-t-il, trop fort, n'oublie jamais cette matinée ! N'oublie jamais ce que j'ai à dire ! N'oublie jamais cette matinée ! » Et de nouveau il me plaqua contre lui.

Transi de désespoir, je ne pouvais rien dire.

« Répète ces mots après moi. Tu m'écoutes ? *Quand bien même les fondations de la terre s'écrouleraient et les montagnes ébranlées seraient précipitées au plus profond des mers...* Est-ce que tu écoutes ? Répète ces mots après moi !

— *Quand bien même les fondations de la terre s'écrouleraient...* » Je bredouillai et me tus.

« Répète-les après moi, mon petit ! » Il m'agrippa, si fort qu'il me fit mal.

« Papa ! l'implorai-je, en larmes.

— *Pourtant moi seul je régnerai !* C'est cela que tu dois comprendre, mon fils. *Pourtant moi seul je régnerai !* Répète après moi !

— *Quand bien même les fondations de la terre s'écrouleraient et les montagnes ébranlées seraient précipitées...*

— *Au plus profond des mers !*

— *Au plus profond des mers !* répétai-je docilement.

— *Pourtant moi seul je régnerai !* »

Chacun de nous invente ses propres moyens pour échapper à l'intolérable. Parfois, à force de fantasmes, nous parvenons à en nier l'existence. Je me souviens d'avoir répété, abasourdi, les mots qu'il me sommait de dire — « *Pourtant moi seul je régnerai !* » — tandis que mon esprit formulait d'autres mots capables de me faire oublier l'anxiété du moment. Mon nom est Paul Whitehurst, nous sommes le 11 septembre 1938 alors que Prague attend l'ultimatum de Hitler. Ainsi apaisé par l'histoire, je me laissai hisser lentement et de plus en plus haut à travers les ombres chaudes et denses de la pièce. Et là, flottant au niveau des immortels musiciens, je fus capable de contempler impassible le père éperdu de chagrin et le petit garçon blotti dans ses bras.

Composition Bussière
et impression S.E.P.C
à Saint-Amand (Cher), le 25 novembre 1994.
Dépôt légal : novembre 1994.
1er dépôt légal : octobre 1994.
Numéro d'imprimeur : 2850.
ISBN 2-07-073648-2./Imprimé en France.

58473